佐藤 薫
Sato Kaoru

時間の穴
鎌倉時代消失

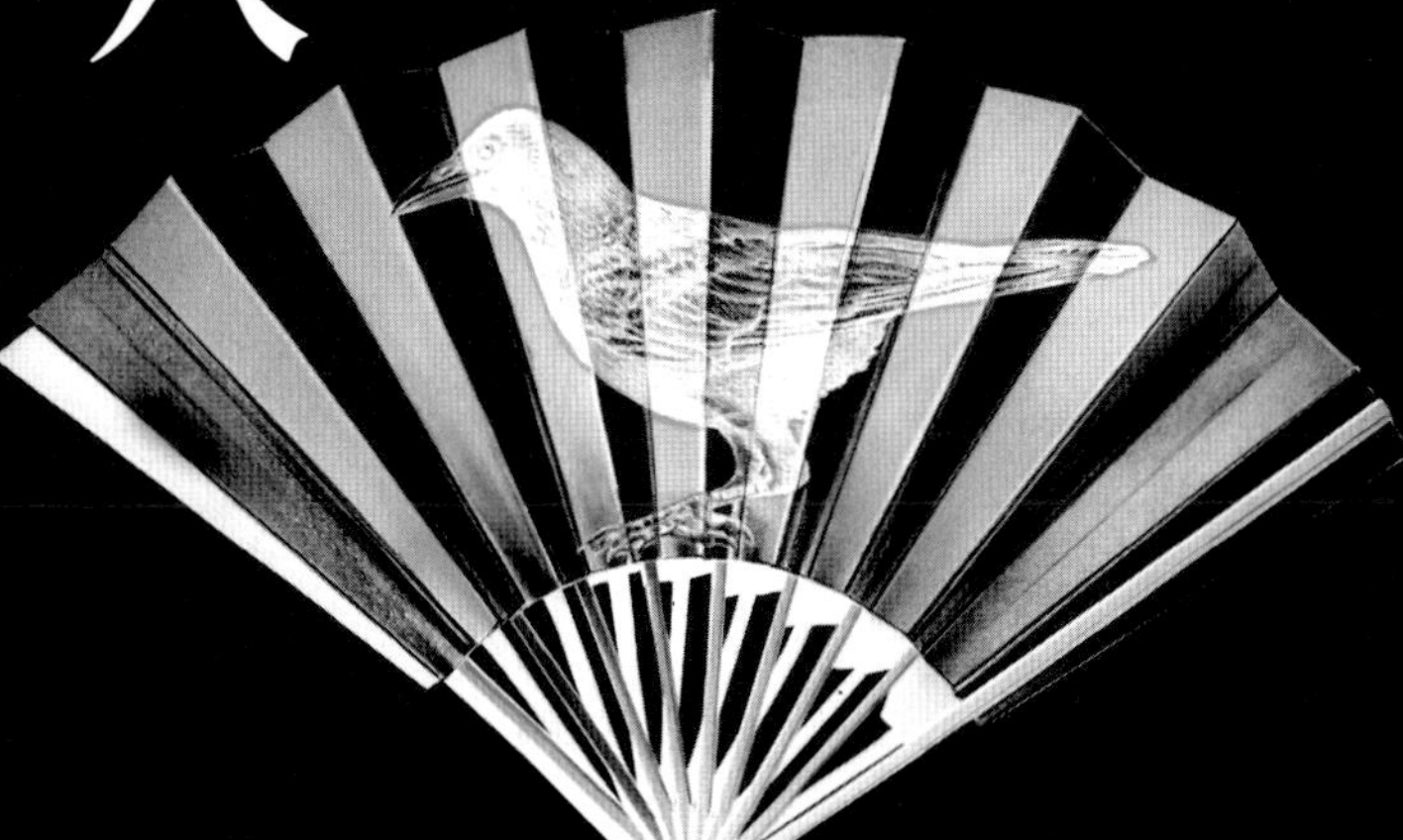

新潮社
図書編集室

時間の穴

——鎌倉時代消失——

目次

プロローグ 7
教授の家 12
教授の家の謎 24
洞穴の秘密 39
古びた家の謎 54
過去への旅立ち 69
教授の裏切り 76
恐ろしい体験 85
再びの挑戦 93
鳥の鳴き声 109
謎の男 115

秀衡に会う　122
経宗の屋敷　131
翌朝経宗の屋敷にて　139
カラスの最後　148
再び秀衡の屋敷へ　160
平家との対面　173
平家の船　183
別れ　189
戦の結果　193
加賀谷が想像する未来　198
平泉との別れ　207

装画　西口司郎
装幀　大森和也

時間の穴

——鎌倉時代消失——

プロローグ

ヒグラシの鳴き声が物悲しく響き渡る夏の夕暮れ、北畠秀《きたばたけすぐる》は、小さな泉が湧くという、黒沢の森に立っていた。地元の人たちは、その泉のことを「すず」と呼んでいた。北畠は、高校生最後の夏休みを歴史研究会の仲間四名と共に過ごす地に、東北の、この地を選んだのであった。

北畠にとって、黒沢は二度目の訪問である。一度目は中学生の夏休みに「すず」のあたりを見て、秋田杉や、すずを囲むように生い茂った緑豊かな草の葉が、平安時代を思い浮かべる光景に映り、なぜか京都、あるいは奈良の、まだ見たことのない、古《いにしえ》の人里離れた泉のように思え、しばらく頭の奥底から消え去ることがなかった。また来てみたい、そう思い続けて来た願いが、いままた叶ったのであった。

北畠は、手のひらですずの水を汲みのどを潤すと、そばにいた同級生の菊地百合子も同じようにしてすずの水を飲みほした。すると、それを見た歴史研究会の三名の後輩たちも彼らをまねて、すずの中に手を差し入れると、その中の一人が、

「冷たい！　手がちぎれそうだ」大きな声で叫んだ。

その声に驚いたのか一羽のカラスが、がーがーと鳴きながら、すずの目の前にある小さな祠《ほこら》の後ろから飛び去って行った。すずは、水神様を祭るその祠の前にあった。

「武田君、急に大きな声を出すなよ！」北畠は笑みを浮かべてはいたが内心あきれた口調で言った。

「すみません」武田という一学年下の後輩にあたるその男子生徒は恥ずかしそうに、小声で頭をかきながら北畠の方を見た。

と、その時、「先輩、あそこに男の人が！」武田と同級生である女子生徒二人のうちの一人が叫んだ。

北畠たちは彼女が指さす方へ一斉に顔を向けると、そこには、いまにも倒れそうな風体の男性の姿があった。そこはちょうど、すずがある場所の向こう側にある道に面した、粘土質の層をなす岩肌が見える場所であった。

北畠は、その男の近くに駆け寄って介抱しようとしたが、それを拒否するように、男は手で払った。菊地もそのとき男の傍に歩み寄り心配そうな顔をしてその様子を見守っ

ていた。

「ありがとう、大丈夫です」そういって男は、大きなリュックサックを肩にかけなおし、トレッキングポールのようなものを杖にして、その場から立ち去って行った。

北畠は、男が出て来た付近の岩肌を両手で、なでたり押したりし出した。それを見ていた武田や他のメンバーは異様に思ったらしく、先輩何をしているのですか、とまた別の女子生徒が尋ねた。その声が怯えているように感じたので、北畠はドキッとして手を止めた。

「いや、べつに」と言うと、幼馴染でもある菊地の傍に寄って小声でささやいた。

「さっき僕は、この辺に洞穴のような穴があったのを見たんだけど、菊地さんは見なかった」

「見た。見た。私だけが見たのかと思って、笑われるといけないから黙っていたんだけど」彼女も小声で答えた。

「後輩たちは何も言わないから、たぶん、穴を見てないのかもしれないね」

「北畠君がこんなに丁寧に確認したのに見つからなかったってことは、ほかの子たちには言わない方が良いかも」

「そうだね。薄気味悪いけど」

菊地の方はというと、べつに奇妙でも不思議でもなく、このような現象があった方が面白い、といった程度の感覚であった。それは、過去にこの付近で体験したことに起因していた。菊地の祖母は大曲《おおまがり》の花火で知られる地域の出身であった。数年前に、祖母の実家を訪れた際、彼女の母が運転する車で、その付近を走行しているときに奇妙な体験をしていた。それは、前方の交差点を右折しようと、そこから二〇メートルほど手前にさしかかったときであった。その右側の道路に、商用車と思われる白い一台の車が交差点に向かって来るのが見えた。菊地の母は、狭い道なので、あの白い車が邪魔だわ、とおもわず口に出すと、菊地も同じく、そうだと思った。すると、突然、その車の姿が見えなくなってしまったのである。右折した二人は、田んぼの中にその車が落ちたのではないかと、その道を挟む田と田の両側を確認したが、やはり車の影すら見つけることができなかった。

とはいえ、その道路は、あぜ道よりは幅が広く、対向する普通車同士であればぎりぎり通ることができ、田んぼと道の高低差は四、五〇センチメートルほどしかないのであるから、白い車が田んぼに落ちたのであればすぐに判る状況にあった。間違いなく、その車は、二人の前から、突如、消え去っていたのである。

そして、その場所から一二キロほど離れた場所が、このすずのあるところであった。

そのようなことから菊地にとっては、洞穴が突如消えたとしても、何ら奇妙な現象ではないのかもしれなかった。

教授の家

高校を卒業して二年目の春が来た。ある感染症が世界的に流行した年の翌年であった。北畠は久しぶりに大学の対面授業に出席し、友人との楽しい語らいを持つことができた。これが大学生としての真の生活なんだと、自身、満足感を味わいながら帰路についた。リモート講義になれていた北畠にとって大学からの距離は長く感じられた。

渋谷駅から急行で西へ二〇分ほどの距離を走る、通学以外にもよく乗っていた電車のなか、彼は目の前の窓から見える光景を見やっていた。

電車の進行方向から後方へと移動しているかのような、プラットホームにある駅名標を確認しようと顔をその方向へ向けたとき、前方にあるロングシートの斜め前に座っている、黒いマスクをした男性に目が留まった。

「あれ、あの人はひょっとして、僕が通っている大学の先生では……」

彼は心の中でささやいた。

「間違いない！　あの人は法学の先生だ⁉」

北畠はその男性が法学の講義を担当している加賀谷教授であることを確信した。と、その時、まもなくある駅に到着することを示すアナウンスが流れた。しばらくして客車の扉が開いたとたん、加賀谷教授と思しき男性は、席からすっと立ち、下車するために客車の後ろの方へと向かって行った。

北畠は加賀谷教授にあこがれを抱いていた。

なぜなら法学の専門家でありながら、自然科学にも強く、リモートでの講義で対面のそれではなかったが、雑談などを交えて学生の気を引く魅力的な講義を行っていたからである。

「どうしよう。あとをつけてみようかな」

北畠の下車する駅は隣の駅であったが、彼はどうしようもない気持ちに駆られて、教授の家までついていこうと決めた。教授の自宅がどのようなものか知りたくなったのである。

駅の中央改札口を出て右側へ向かうと、そこには背の低いデパートが建っていた。

教授はそのデパートの入り口から二階に上がり、買い物をするのかと思いきや、そのままデパートの北側にある同じフロアの出入り口から外に出て、大規模な団地の中へと続く小径の方へと歩いて行った。

その小径に沿って大きな木や低木などが植え込まれており、ちょっとした森の中を散歩する気分が味わえた。

「このデパートには何度か来たことはあったけど、この場所は初めてだな」

そう思いながら北畠は、なにかしらワクワクする気持ちを抑え、教授の後を追って行った。

しばらく行くと団地を出たあたりに交差点があった。教授は信号が青になるまでその場に立ち止まった。あとをつけられていることにまったく気付かない様子であった。

信号が青になったのを確認して教授はまた速足で横断歩道を渡り、そのまま直進したかと思うと急に左に曲がり、大きな屋敷が立ち並ぶ路地の中へと入っていった。

見失いそうになった北畠は慌てて、駆け足になり後を追った。

すると教授は、路地の突き当たりにある、このあたりの建物の中でも、ひと際目立つ大きな屋敷の前に立ち止まった。人家としてはかなり広い敷地であった。その屋敷の周りは頑丈なコンクリートの塀で囲まれており、建物の壁は蔦《つた》の葉に覆われていた。

「すげえ。やはり教授はいいところに住んでいるんだな」

北畠は感心しながら様子を見ていた。

すると何としたことか教授は、その屋敷の北側に属する塀に、こびりつくように建っている小さな古ぼけた家の中へと入って行ったではないか。

「ええっ⁉」

北畠はその小さな家の玄関の前に立ち、表札を確認することにした。間違いなく『加賀谷』という名であった。

よくみると、古い和風の建物であることを誇示するかのように、玄関の扉は江戸時代を思わせる格子のついた引き戸になっており、横にスライドして開けるようになっていた。かといって、門も塀も設けられておらず、その古ぼけた小さな家の玄関とは真逆に当たる部分は隣の豪邸の塀に密着しており、そうでない部分は直接、ぐるりと路地に面していた。

そこで彼は隣の大きな屋敷の表札も確認しようと思い立ち、その方へ向かった。

『加賀谷』の名が木製の板に手書きと思われる墨字で書かれたものであるのに対して、こちらは『絹川《きぬかわ》』という文字が、独特の模様《よう》に濃い緑色をなした大理石の板に、鈍い金色の輝きを有する金属様のものが埋め込まれるように刻まれていた。

「先生の自宅とこの屋敷とは、どうやらまったく無関係のようだな」

少し期待が裏切られたように感じて、そうつぶやくと、そのまま駅に向かおうと路地の方へ振り向いた。

「そこの人！」男の声が聞こえた。

北畠はその声が誰のものかすぐに判った。

声のした方へ振り向いた彼の前には長身の男が立っていた。

「あなたはひょっとして私の大学に所属する学生ですか？」

「はい。加賀谷先生ですよね。僕は二年生で、昨年、先生の講義を受けた者で、北畠といいます」

「ずっと、電車を降りたときから私をつけてきたようですが、なにか質問でも？」

「いえ、先生の講義が面白かったので、法学以外のことも教えていただきたいと思いまして。へへへ」北畠は、後をつけていたのがばれていたのを知って、照れ笑いをしながら答えた。

「そうでしたか。それなら私の家《うち》に来なさい」

教授は講義のときと同じように、やさしい口調で招いてくれた。

「ありがとうございます！」緊張のあまり少し大きな声で応えながらも、後について、例の小さな家の中へと入って行った。

驚いたことに玄関には框《かまち》がないので段差もなく、土足のまま、奥へと案内された。廊下を通るといくつか開き戸の扉があり、通された広い部屋に入ると、床は大理石のようなタイルが張られてあった。真ん中あたりに六名くらい座れそうな楕円形の猫足の木製テーブルと、それぞれ背板と座の部分に赤いベルベットの布が張られた、これも猫足の木製枠の椅子が置かれていた。それはまるでフランスかどこかの宮殿にある狭い待合室といった感じであった。

「先生」

「はい、どうしました」

「この家《うち》はどう見てもかなり古い和風の建物で、いまどき、玄関のドアも引き戸で、がらがらと開けるタイプなのに、部屋の中は素敵な洋室なのですね！」

「ははは、おかしいですか？」

「いえっ、そんなことはありません」

「……」

「先生、お聞きしたいことが……」

「何ですか」

「表札の横に大きな板があったのに気づきまして、そこに、あの、『今《いま》』という文字と、『質問のもん』に『亭《てい》』と書いてあったのですが、なんと読むのですか？」かなり緊張していたのか、顎が若干震えているのを感じた。

「ははは、あれは単なるお遊びです。『こんといてい』と読みます。いずれ気の合った友人たちと語らう場にしたいと思ってね。テーマは、いまを問う、といったところでしょうか」

「素晴らしいですね。でも、『こんといてい』って、関西弁みたいですね」

「そのとおり、関西の言葉で『来ないでちょうだい』といった意味になります。ふふふ、悪人は仲間に入れてあげないよ、という意味合いもあります。関西弁はあまり好きではありませんが、むかし、何年か大阪に住んでいたことがありました」

加賀谷は懐かしそうに話を続けた。

「大阪市内の、とある神社の北側に草むらがあって、私が、そこを偶然通りかかったときに、蝶の幼虫が道端を這う姿をみつけました。日差しが強かったので、涼しい場所を探しているように見えたものですから、手に取って大きな葉っぱの上に、その幼虫を置いてあげたのです。面白いことに、それから何年かして、そこに寄席が設けられました」

北畠の目をそらすかのように、淡い花々の柄が施された壁を眺めながら話は続いていった。

「そんなこともあって大阪弁ぽい名称にしたのです。そうそう、船場の商人《あきんど》の言葉はとても美しいと思います。テレビで一部、見聞きする関西弁とは違ってね。かといって、

『亭』という文字は別に、その寄席の名称に倣ったものではなく、ただ、『場』という意味合いにすぎません」

「そうだったんですね。で、今問亭《こんといてい》に集まるメンバーは何人ぐらい居るんですか？」

「ははは、いまのところ私ひとりだけです」少しはにかんだような口調で言った。

「えっ」

「気の合った友人がまだ見つからないのです」

そういって加賀谷は背を向けて、ドアを開けると部屋から出て行った。

北畠はかしこまって椅子に座っていると、しばらくして加賀谷はお盆に抹茶が入った茶碗《ちゃわん》と和菓子の入った菓子器を乗せてやって来て、それらをテーブルの上に置くと、また話し始めた。

「きたばたけさん、でしたっけ。どんな字を書きますか？」

「はい、東西南北の北に、白い田んぼと書きます」

「ああ。北畠さんですか。いいお名前ですね」

「ありがとうございます」

「北畠という苗字は、鎌倉時代から称した公家の名称ですね」

「いえいえ、この名は明治になってから付けたものらしいので、そんな大それたものではありません」

「そうでしたか。ところで私の講義はどう思いますか？」

「はい、法解釈と相対性理論は面白かったです」

「厳密に言うなら、法解釈とアインシュタインの特殊相対性理論です」

「ああ、はい」

「特殊相対性理論は古典論理で説明がつくのですが、法解釈は、そう、数式化するならば、それだけでは無理だといえます。たとえば彼の行為は卑劣で腹立たしいとか、反対に、彼女は気の毒だから刑罰を科するべきではないといった気持ち、快不快を意味する感情であるとか、怒り、悲しみ、喜びといった情緒は虚数で表すことができます。ですから、量子力学における論理、うん、量子論理とでも言いましょうか、それが必要になると考えています」

「量子力学ですか!?」

「そうです。でもね、法解釈は人間の頭の中でいろいろ考えるわけで、物理現象ではありません。もちろん、それが脳の働きだとみれば、物理学や化学の対象となると考えています」

加賀谷は、言っていることが理解できるかな、といったまなざしで北畠の目をじっと見つめていた。

「法解釈に至ってはおそらく、いや間違いなく、いずれ量子論理でも困難な場面に直面すると思っています。つまり、量子論理以外の新たな論理法が必要になるのだと」

「はぁ」

「たとえば、『意識のハードプロブレム』と言って、脳の作用ではないかもしれない、なにかについて……。うむ、さらに思うに『意識のハードプロブレム』についても脳の現象といえるかもしれないし、細胞や原子レベルで意識があるとも考えられ、それが解決の糸口になるかもしれません……」

「はー」

北畠にあまり興味がないことを察した加賀谷はテーブルの上に置いた菓子鉢に手をやった。

「おかしな話をしてしまいました。さあ、この菓子を召し上がってください」

「はい」北畠は干菓子と思われる和菓子を手に取って、それを口の中に半分ほど入れ前歯でかみ砕こうとした。そのとたん、こりっ、というナッツをかみ砕いたような音がした。

「硬い！　けど美味しい」

「それは、もろこしと言って、小豆で作られたお菓子です」

「初めて食べました。美味しいです。どこのお菓子ですか？」

「秋田の菓子です。知りませんか」

「秋田⁉」

「どうかしましたか？」北畠の驚いたような表情に、加賀谷はなぜか異様な興味を覚えた。

「先生、一昨年の夏、秋田に、そう、黒沢という泉がある場所へ行きませんでしたか」

「ひょっとして⁉」ふたりは同時に声を発した。

「先生、僕は高校生最後の夏休みを、出羽や陸奥の歴史を勉強するために、歴史研究会の仲間と一緒に、そこで過ごしました」

「あのとき親切に介抱しようとした高校生はあなたでしたか」

「やっぱり先生だったのですね。電車を降りたとき、背格好が、どこかで出会ったことがあるような気がしていたものですから」

「あのときはどうもありがとう。そのまま名も訊かず立ち去ったものだから、あらためて礼を言うこともできず」

「いえいえ、そんなことは気にしないでください」北畠は両方の手のひらを交互に合わせるように振りながら、恐縮している様子で言った。

「でも先生。あの時、何があったのですか？」

「……」

「そうだ、先生はあのとき、確かに洞穴の中から出て来られたんだ。でも後で見たらその洞穴が消えていて。いや間違いなく僕は洞穴を見たんです」

「そのとおりです。あなたの見間違いではありません」

「ではなぜ！……」その言葉に加賀谷は、そのあとの言葉を制止するように、

「今日はもう遅い。また来てもらえますか。その話は次回会ったときにしましょう」

前もってメールでつぎに会う日時を決めることを約して、北畠は小さな『教授の家』を離れた。

教授の家の謎

北畠は、加賀谷教授の家に寄ることができたうえに、他の学生では聞くことのできない、興味深い話を聞けたことで、なんとも表現しがたい興奮と喜びに満ちた感情と共に家路についた。

自宅に戻った北畠は興奮していたこともあって、母親が作った手料理を味わうでもなく、ただ黙々と口のなかに食べ物を放り入れているようにみえた。食事を終えるとすぐに寝床に向かった彼を母親は気遣ったが、それも耳に入らなかったかのように生半可な返答をするだけであった。

それもそのはず、二年ほど前、あの泉の前で見た洞穴のことが再び鮮明に脳裏に浮かんで離れなかったからである。

「そうだ、メールで日時を決めなくっちゃ」そう思い立ち彼は、すぐさま、きょう教えてもらった加賀谷のメールアドレスに、明日の夕方にまた会いたい旨のメールを送った。

しばらくして返事があった。会議などがあるとの理由で、来週の同じ曜日、同じ時間を指定された。はやる気持ちを抑えて彼はしぶしぶ承知して、その日は眠りについた。

翌朝、北畠のスマートフォンが鳴った。アラームではなく、久しぶりに聞く、着信音に彼は、寝ぼけ声で応答した。「もし、もし」

三年以上持ち続けている電話からは、高校生時代の歴史研究会のメンバーでもあり、学部は違えども同じ大学に進学していた菊地百合子の声が聞こえた。

「北畠君？」張りきった様子で尋ねた。

「はい。久しぶりだね。大学入学以来だけど、どうしたの？」

「きょう会えない？」

「どうして？」

「もう一度、歴史研究会を作らない⁉」

「うーん、じゃあ、お昼に大学のキャンパスで会おうか」

互いの会話は終わり、眠い目をこすりながら北畠は服を着替えて家を出た。

大学の講堂に設置されていた大きな時計から、正午を伝える、よくあるメロディー、ウエストミンスターの鐘の音が流れた。

「ごめん、待ったぁ」菊地がニコニコしながらやって来た。

「どうしてまた、歴史研究会を？」

「じつは、就職活動のときに私が中心になって活動した何かがあると有利になるって、就職部の人が言うから」

「なんだそれは、僕を利用しようってことか⁉」

「違うわ！　高校時代最後の歴史探訪って、面白かったでしょう」

「確かにそうだけど……。あっ！」

「どうしたの？」

「来週、加賀谷先生の自宅に行くことになっているんだけど、一緒に来ないか？」

「か・が・や先生？」

「僕とは学部が違うから知らないのか。法学の先生だけど」

「名前ははっきり覚えてないけど、教職課程で受けた、たぶんあの先生だわ。でもどうして私も、その先生に会わなきゃならないの？」

「じつは秋田に行ったときに洞穴から出てきた男の人がいただろう⁉」

「ふん」

「それが加賀谷先生だったんだ‼」

「ええっ‼」

菊地は非常に驚いた様子で目を大きく見開いた。

「菊地さんも一緒に来て、先生が洞穴から出て来たのを私も見たと言ってほしいんだよ」

「わかった」そううなずくと彼女は加賀谷と会う日時と待ち合わせ場所を、スマートフォンにあるカレンダーに記録した。

そして待ちに待ったその日がやって来た。というのも北畠は、これほど一週間を長く感じたことがなかったからである。彼は教授の自宅がある最寄り駅で菊地と待ち合わせていた。

「ここからしばらく歩くけどいい？」

「うん」

何棟も続く団地の間に緑輝く草木で覆われた茂みの中を這うようにつくられた遊歩道があった。その上を、まるで子供がはしゃいでいるかのようにふたりは楽しそうに歩き続けた。

「あっ、向こうから誰か来る。静かにしよう」北畠がそういうと、通りすがりの住民らしき年配の女性が怪訝《けげん》な顔で、ふたりをにらむように眺めながら去っていった。

そうこうしているうちにとうとう加賀谷の自宅の前に到着した。

「緊張するわ」菊地がそういうと、

「僕もだ」ふたりは顔を見合わせながら、表札の下にある呼び鈴を押した。よくみるとそれはモニター付きのドアホンであった。

「解錠したので中へ入ってください」教授の声がした。

北畠は指示どおりに引き戸をスライドさせて菊地と中へ入ると、中背で少しやせた男が立っていた。

「さあ、どうぞこちらへ」生真面目そうな顔つきで、にこりともしないその男が手招きする方へとふたりは向かった。が、あまりにも速足なので菊地は、はぐれないようについていくのが精一杯であった。

「大丈夫か？」北畠がそういうと男は、はっとした顔をして、

「すみません。ゆっくり歩くようにします」そういって今度は、ふたりを気遣うように歩速を緩めて歩き出した。しばらくすると、突き当たりの扉があるところに出た。その扉には鍵穴が二か所あり、男は手に持っていた二本の鍵を順番に、それぞれの鍵穴に差し込んで解錠したかと思うと、最後にドアノブの上部にあるセンサーのようなものに手をかざすように近づけた。

ふたりはその中が部屋かと思っていたが、その扉の向こうは、さらに色も材質も異なる廊下へと続いていた。

「おかしいな」北畠は心の中でささやいた。なぜなら、先週来たときよりも長く歩かさ

れているような気がして、それに対する違和感を覚えたからである。小さなこの建物からしてどう考えてもこれほど奥に部屋があるはずがない、そう思ったとき、

「やあ、よく来てくれました」加賀谷教授が部屋の扉を開けて待っていた。

「先生、またお邪魔してすみません」そういって北畠が菊地に目をやると、すかさず教授は、

「あなたが菊地さんですか。私のことを覚えていますか?」笑みを浮かべながらいった。

「はい……。いえ、なんといえばいいのか」

「ははは、まあいいです。さあ、お入りください」

彼女は、扉の側から部屋の中に首を伸ばすようにして顔を向けると、フランス調というのかイタリア調というのか、ヨーロッパ風のテーブルや椅子、そして家具が置かれているのを見た。フローリングも木材なので菊地は思わず、土足でよいのかと尋ねると教授は、にこやかな顔をして、そのままで良いから中へ入るようにと差し招いた。

北畠らが椅子に腰かけると加賀谷は先ほどの男に何やら持ってくるように指示して、ふたりが座っている場所と向かい合うように腰かけた。

「よく来ましたね。待っていました」

「先週は突然お伺いしてすみませんでした」北畠はかなり緊張している様子であった。

「気にする必要はありません。そのおかげで、こうして再会することができたのですから」そう言って加賀谷はにっこりして菊地の方を向いた。

「菊地さんが来られることは先日、北畠さんから電話があって聞いていました。同じ大学に入学したことも、異なる学部であることも。そして秋田で私と出会ったことも」

「では、私が洞穴を見たこともご存じなのですか？」彼女が尋ねると、

「いや、それは知りませんでした」別に驚いた様子もなく加賀谷は答えた。そのとき、コンコン。ドアをノックする音が聞こえた。

「失礼します」先ほどの男が、飲み物と菓子を持って現れた。

彼は、茶葉の入ったティーポットからカップに紅茶を注ぎ、それぞれに配ると、おいしそうなガナッシュ・クリームの入ったマカロンや、色とりどりのチョコレートが置かれた花柄模様の皿をふたりの前に一皿ずつ置いた。

「うわ、きれい！」ふたりが顔を見合わせて、そう言うと、加賀谷は、風流人士っぽい眼差をしたのとは対照的に、

「私ひとりのときは手っ取り早くティープレスを使うんだけどね」

「はあ。ティープレス？」北畠らは何のことかわからなかったが、それよりも、目の前にある洋菓子をよばれることが先決であった。

「どうぞ召し上がれ」

マカロンを頬張《ほおば》った北畠は、何か話を引き出さねばと気を利かせたのか、ティーカップを手に取り一口含むと、いきなり問いかけた。

「先生。ここにある家具や床材は何ですか？」

「マホガニーです」

「えっ、マホガニー」

「知っていますか？」

「はい、高級ですよね」

「これは私の祖母が購入したものです。いまはワシントン条約があるため輸入が難しくなっていると聞いていますが、正真正銘のマホガニーです」

「ワシントン条約。動物の輸入を禁じているあの条約ですか？」

「そうです」

しばらくして三人ともお茶を飲み終えると、先ほどの男が何か書類のようなものをもって、また部屋の中へ入って来た。

「ありがとう。おふたりに配ってください」

そういわれて男は、文字がぎっしり印刷されているＡ４のコピー用紙数枚を彼らの手元に置いた。

「先生、こちらの男性はどなたですか？」菊地の問いに、

「そうでした。ご紹介しましょう」そういって、ドアから出ようとしているその男を呼び戻した。

「彼は、以前私が非常勤で講義をしていた時の教え子で、橋本さんと言います。あなた方より一〇歳くらい年上でしょうか」

「よろしく。私は、先生のご実家でお手伝いをさせていただいております」不愛想な態度でそう述べると男は、ドアを引くやいなや、さっさと逃げるようにその場を去っていった。

「彼は、はにかみ屋なので、どうか許してあげてください」加賀谷は優しく微笑んだ。

「いえ、そんな」ふたりは口をそろえて言った。

「ところで先生のご実家というのは……？」北畠が興味津々に問うと、

「いや、祖母が経営していた会社を母が引き継いだので、そこで従業員として働いてもらっています」

「どういった業務の……」北畠が話を続けようとすると、それを遮るように教授は言った。

「このあいだお話しした『今問亭』のことですが、おふたりに最初のメンバーを、お願いしたいのです。どうですか。テーマは、いまを問う！　です」

「何のことですか？」

「菊地さん、これは失礼しました。『今問亭』という、気の合った者同士が集まって、今の日本そして世界が直面するいろいろな問題について話し合う場を作りたいと思っているのです」

「へえ、面白そうですね。でもまだ学生ですし、私には難しすぎて、大丈夫でしょうか」

　菊地は不安気であった。

「堅苦しく考える必要はありません。……ところで、手元にある用紙の一枚目を見ていただけますか」

「……」北畠と菊地は無言で、指示されるがままに用紙の一枚目に見入った。

「ここには、私が研究仲間や今迄に出会った人たちから見聞きした事柄が書かれています。実名は伏せてありますがね」ふたりの顔色を窺《うかが》うようにしてさらに続けた。

「法哲学という学問があります。そこでは正義という概念について研究する分野があるのだけれども、なかなかその定義づけがうまくいかないのです。そこで、反対に、悪とは何かということを考察していって、正義の概念を明確にしていこうと考えるようになりました」

「ふーん」興味を抱いたのか菊地はそこに書かれてある文面を眺めた。

「敵軍に対して部下に突撃命令を出しながら自分だけ逃げだす大将。これはよく例に出されます」

「ふむふむ」今度は北畠が、興味があるような素振りをした。

「一、警備関連の養成所内で起こった男性研修生による女性研修生に対する性的犯罪を、所長らはその事実を知りながら、精神に異常ありとしてその被害者である女性のみ解雇処分にした事例。二、十年後にその女性が加害者に対してPTSD、すなわち心的外傷後ストレス障害で告訴したところ、新たな所長らがこの女性を呼び戻し、信じられないことに部下の男性の宿舎に同居させたうえその後二人を結婚させ、その女性を当該養成所の職員として採用した……。いうまでもなく、この男女はのちに離婚しています」

　加賀谷はいかにも嘆かわしいという面持ちであった。

「三、所長はじめ養成所出身の教官らは有休をとりゴルフ賭博に現《うつつ》を抜かし、ある所員は野球賭博のメンバーを募るなどした。四、大学院時代の旧友の力で同じ大学の教員になれたにもかかわらず、その男は、主任教授とその旧友二人で講座を仕切っているのはけしからんと裏切る発言をし、他の講座の教員に仲間になるよう誘うがその教員が断ると、こともあろうに猫なで声で主任教授らに媚《こび》を売り、誘いを拒んだ教員を裏切者呼ばわりしだした」

「ひどい!!」「ひどすぎる!!」ふたりは声を荒らげた。

「五、大学教員から性被害を受けた学生を救済する際に、とある教員がその加害者をとがめるために学長に会ったところ『あなたがお辞めになる覚悟がおありならば』と事あるごとに脅された。六、その加害者である教員はこともあろうに他の教員が性的嫌がらせをしたと噂を立てた。七、教授昇進について嫌がらせをした歴代の学部長はそれぞれの言い訳が異なるだけでなく、大学当局に責任を転嫁してなんら対処することもなく逃れようとした」

「私の友達が行ってる大学の先生にもおかしな教員がいるようです。大学院で研究した経験がないだけじゃなくて、どっかの企業で働いていた人」菊地が言うと、

「最近、日本の大学のレベルが下がっているのは、そういうのがいるからなんでしょうね」北畠は納得するように頭を縦に振りながら答えた。

「最初に述べた養成所だけども、真相を調査していた教官に対して日頃から生意気な態度で臨む職員が、後日、優しい声で電話を掛けてきたので、その教官は、録音されてい

るのを察知したけれども、強い口調でその職員をとがめたそうだよ。聞いてみたら、過去に生意気な口調で話しているその職員の声をすでに録音していたらしくて、これがある意味証拠になるとおっしゃっていた。面白いね」

「さすがですね！」北畠がそういうと、涙目で菊地はうなずいた。

「なんだか日本に住むのが嫌になってきました」

「政治家や警察官らは信用ならないしね！」北畠がそういうと教授は、

「たしかに、やくざにも劣る警察官がいることは確かだが、まじめに職務を全うしようとしている多くの警察官がいることも確かです。政治家も含め、そういった人たちのためにも何とかしなければならないのです」さらに続けた。

「私がこのような話をしたのには二つの意味があります。ひとつは、法律学を学ぶうえで、医学でいえば病原菌に値する悪を知っておく必要があること。二つ目は、なぜ私が秋田に行っていたかを説明するためです」

「……先生、質問が二件あります」北畠はためらう気持ちを振り切るかのように言った。

「ん、どうぞ」

「ひとつは、いま居るこの部屋はどこなのですか。先生の住んでいる和風の建物にしては、かなり奥まで歩かされた感じがしたんです。それから、秋田と何の関係があるのですか」

「わかりました。これらの質問の答えはまた次回に。かなり時間が経ちました。菊地さんを途中まで送ってあげてください」

「つぎはいつになりますか？」意外にも菊地が尋ねた。

「翌週の日曜日。午前一一時に、場所はここで、どうですか。ちなみに日曜始まりです」

「わかりました。そしたらすぐにお会いできますね」加賀谷の言葉に菊地は笑顔で答えた。

「そうですね。こんどは長時間お話ししても暗くはならないでしょうから。ではまた」

教授がそう言って部屋から出て行くのと交代に、橋本が部屋にやってきて、ふたりを元の和風の家の玄関まで案内した。

「北畠さん、自宅が近いのでしたら菊地さんをそこまで送っていただければと先生がおっしゃっていました。それでは、おふたりとも気を付けてお帰りください」

「ありがとうございました」

ふたりは駅へ向かうために例の団地の小径を歩いていた。

「また今度も加賀谷先生の長い話になるけどいい？」

「長いとは思わなかったよ。どっちかというと楽しかった」

「僕も」

ふたりは、ひとつとなりの駅で降りると、それぞれの家へと帰っていった。

洞穴の秘密

教授との約束の日の前日、北畠と菊地は大学のとある教室に二人きりでいた。そこはセミナー室として使われている少人数用のこぢんまりとした部屋であった。

「このあいだ加賀谷先生からもらったプリント全部読んだ？」北畠は何かしらかげった表情で問うた。

「ええ、読んだ」

「どう思う？　四枚目だったかな。僕にはこの箇所も気になったんだけど。『その学生に能力がないことを知ってはいたが、正義感が強いと思い、いずれ研究に励むであろうと大学院に入れてあげた。ところが、研究過程での発表は何度もすっぽかすは、論文は書かないというより書けない』そこで彼は退学処分を受けるんだけど、挙句の果ては『私はすべてが画像になって見えるので文章が書けない』だって」

「読んだ。読んだ。学部は評判の悪い大学で、大学院は超一流なんだよね。結局、それ詐欺じゃん！　その先生はその人のためにいろいろ面倒を見てあげていたのに！　ひどい話よね」菊地は、五枚目の用紙を指さしながら、続けていった。「そうそう、私はこの話にも腹立たしさを覚えたの」そこには次のようなことが書かれていた。

『雪国でのこと。境界線の塀に密着させてビニール製の小さな物置を設けた隣人が、おまえたちの雪で潰れたから賠償金を支払えとクレームをつけて来た。実際は、そのような事実はなく、かえって、彼らが境界線に植えた樹木の葉で隣家を散らかしたり、冬になると葉や枝についた大量の雪が隣家に入り迷惑を掛けていた。この者らは、隣家より遅く、だいぶ後になってから家を建てた者であり、しかも会社の法務担当だというからとくに問題である。謝罪をするどころか、いまだに偽りを述べるなどして自分を正当化しようとしている』

「そうなんだ。結構、こういう庶民が悪いことをしているんだよな。水戸黄門だと、代官などの侍が悪人で庶民は善人っていう筋書きだけど、ほとんどの場合、侍が悪いことをする庶民を戒めていたようだよ。もちろん、侍が腐りきった侍連中を戒めようとした大塩平八郎のような例もあるけどね」

「うん。……あっ、そうだ」菊地は何かを思い出したように、彼女の隣にある椅子においてあった淡いピンク色の地に灰色の小さなポケットが付いたリュックサックを持ち上げ、それを机に置くと透明なファイルを取り出した。

「先日言った歴史研究会だけど、それやめとくわ！」

「どうして。就職に有利になるんだろう」

「私、それよりも加賀谷先生の『今問亭』の方が面白そうだから」

「菊地さんも単純だね」

「加賀谷先生は、ある意味有名人だし、きっと、今問亭のメンバーになっていればいいことがありそうじゃない。そう思わない？」

「そうだね。僕たちが最初のメンバーだしね」

「そうなのよ」そういって、さきほど取り出したファイルを開いて、二枚の写真を差し出した。

「これなんの写真だかわかる？」

「ああ、加賀谷先生が写ってる。場所は秋田の、あのすずのところだ」

その二枚の写真には、前かがみになって今にも倒れそうな格好の加賀谷が写っており、その背景にはいずれも、葛《くず》の葉や蔓《つる》で覆われているが、その間からみえる粘土質の岩肌が写っていた。

「そう。一緒にいた武田君が撮った写真よ」

「へえ、そんなのがあったとは。あれっ……」

「どうかした？」

「一枚目の写真。これなんだかおかしいと思わないか」

北畠が指摘した部分をみると、加賀谷の右手に一本のトレッキングポールのような杖が写っていた。

「これがどうかした？」

「よくみると先の方が幾分か消えてないか」

「そういわれれば」

「武田君はどうして写真を撮ったんだろう」

「それは、あのときメンバーの誰かが、あそこに人がいると言ったから、だからとっさにカメラを向けたんだって」

「ええっ⁉　それは間違いないんだろうね」

「もう二年前のことだけど、このシーンははっきりと覚えているわ」

「そうなんだ。僕は、あのとき、間違いなく先生の背後に洞穴らしきものがあったのを見たんだ。菊地さんも見たよね！」

「ええ」

「武田君がすぐに撮ったんだったら、ここに洞穴が写っているはずだろ。でもこの二枚とも洞穴らしきものが見当たらない」

「葛の葉が多く茂っていたからじゃない?」

「でも僕たちは、はっきりこの目で見た!」

「そうね」

「武田の電話番号、判る? 今日電話して武田君も洞穴を見ていたかどうか確認しようと思う」

彼は、電話番号を自分のスマホに登録すると鞄を手に持ち、立ち上がった。

「じゃあ、明日。先生の自宅でお話を聞けるのが、より楽しくなってきたな」

「そうね。あの秋田での出来事、不思議だったしね」

ふたりはセミナー室を後にした。

自宅に帰った北畠は久しぶりに聞く武田の声に懐かしさを感じたのも束の間、用件だけ話して電話を切った。結局、武田は洞穴をみていなかったことを知り、釈然としない何かが込み上げて、まんじりともせず朝を迎えた。

当日、北畠と菊地は前回通された同じ部屋に案内され、また同じ場所に腰かけた。

ふたりは何から話をすればよいのか、互いにそれについて打ち合わせをしようかどうか迷っている様子で、そわそわしていると、加賀谷がやって来た。

「この間渡した印刷物はもう読んでいただけましたか?」

「はい」ふたりが口をそろえて答えると、加賀谷はニコッと笑みを浮かべながら続けた。

「それでは北畠さんの質問について答えます。まず、この部屋のことでしたね。疑問に思われたとおり、この部屋はあなたが知っている和風の家の敷地内にはありません」

「やっぱり！」

「ではここはどこにあるのか。すなわち、どこの土地なのか、という話ですね」加賀谷は茶目っ気ぽい目で北畠の顔を見ながら、彼の背後にある窓の方へ顔を向けたかと思うと、その回転いすに乗った大きな体もそちらの方へとくるりと回り立ち上がった。つぎにレースのカーテンを両手でそれぞれ左右に開いて自慢気な顔でふたりを手招きした。

「見なさい。この庭は私の自慢の庭です」

　窓からは西洋風の庭園がみえた。日本庭園とは異なり無造作に花々が植えられているような趣ではあったが、なんとした訳か和風にふさわしいつつじの花が咲き乱れていた。バラも植えられていたようだが花は咲いておらず、そのそばにはチューリップやアネモネが色とりどりの花を咲かせており、まるで妖精が現れそうなイギリスやフランスの、テレビで目にする庭のようであった。

「素敵！」

　菊地はあまりの美しさに魅了されたようであった。

「さっき私の自慢の庭だと言いましたが、じつはこの庭園は、祖母のお気に入りで、長い年月を掛けて祖母自らが作庭したものです」

「へえ、すごい！　おばあさまはご健在なのですか」

「はい、おかげさまで！」ニコッと笑顔を浮かべると、ふたりに座るよう指示した。

「祖母は絹川と言います。母の実家になります」

「そういうことか」北畠は納得したようにうなずいた。

「ははは、この質問についてはこれでいいですか？　ちなみに建物をこういう構造にしたのは、今問亭同様、私の遊び心です」

そう言って加賀谷は、つぎの質問について答えましょうと、ふたりの顔を真剣なまなざしで見詰めた。

「悪とは何かを認識することで正義や善について解明することができる。それは前回お話ししたとおりです。でもね、悪を正そうとしても悪人連中は結託してそれを阻止しようとする。知人のイギリス人が言っていましたが、だから日本では法律があっても何の役にも立たない、と。そういえば裁判官や検察官といった法曹連中は信用ならんと言って国外へ逃走した外国籍の社長がいましたね」沈んだ顔をしている菊地の様子に、機転を利かせたのか、彼はさらに続けた。「言うまでもありませんが、これもすべてがそうだというわけではありません。たとえば知人の元最高裁判事は正義感の強い人でした」

「はい」菊地がうなずくと、加賀谷は少しなにか考えている様子で、間をおいて話し出した。

「そこで私は、ひとつの解決法として、否、試案というべき、あることを考えたのです。それは過去を変えることです」

「はい。ええっ⁉」突拍子もない話に、二人は驚いて顔を見合わせた。

「ああ、もうお昼ですね。近くのデパートにおいしそうなお弁当があったので、お手伝いさんにお願いして買っておいていただきました」

そういうと内線電話の受話器を手に取り、すぐにこの部屋へ弁当を持ってくるように依頼した。しばらくしてまだ二〇代前半と思われる若くてきれいな女性がやって来た。お手伝いさんであることはすぐに判った。彼女は清楚な感じの装いで、髪型は後頭部の上部を紫のリボン様《よう》のものでまとめてあり、少し長い髪の先端はうなじが隠れるようにしだれていた。加賀谷をはじめ三名に弁当を配り終えると、つぎに紅茶葉が入ったポットにお湯を注ぎ、手に持った懐中時計をみながら時間をはかった。数分経つとそれぞれのティーカップにお茶を注ぎ、それが終わると笑みを浮かべて一礼したかと思うと何も言わずにその場を立ち去って行った。

「きれいな方ですね。あの方がお手伝いさんなのですか」

菊地が尋ねると加賀谷は、

「ああ、そうです。母が気に入って彼女に来ていただいています。とても聡明で、出しゃばらない方です。さあ、召し上がってください」

弁当の中身は野菜のテリーヌに、オレンジソースが塗り込められたカモのロースト、そこにパエリア風のライスが添えられていた。美味しそうと言わんばかりにふたりはフォークとナイフを手に取った。

しばらくして食事が終わると加賀谷は思いもよらぬ話をしだした。

「そういえばおふたりは、大学の一般教養も担当していらっしゃる先生なのでご存じだと思うのですが、上坂部《かみさかべ》教授をご存じでしょう」

「はい。たしか人文科学部門の哲学か何かの先生ですよね。僕には難しすぎたので断念しました」

「そうでしたか。おふたりだから申し上げますが、上坂部先生のお母様はもともと、公家の出なのだそうです」

「へえっ」菊地は驚いたというよりは、そのことにとても興味を惹かれたようであった。

「じつは、年齢差は若干ありますが、先生のお母上と私の祖母とは親友の間柄でしてね。

祖母がいまの会社を立ち上げる時にご尽力くださった、いわば恩人なのです」

教授はカップを手に取り、冷めた紅茶を少し口に含みながら、

「気の毒なことに上坂部先生のお母様が生まれる前に、父親、つまり先生のおじい様が亡くなってしまわれたのです」加賀谷の話はこうであった。

上坂部の祖母は地方出身であったため親戚を頼って東京に出て来た時に、ある男性と恋に落ちたという。

その男性は爵位を継ぐことになっていたのであるが、当時は、結婚相手を勝手に選ぶことは、ままならない時代であった。他方、東国の武家の血筋であった上坂部の祖母は、その父母、すなわち上坂部の曽祖父母をとおして、現在は世継ぎがなく断絶してしまったのではあるけれども、先祖の藩主であった、ある藩の殿様の子孫に出自を証明してもらうように嘆願した。快く聞き入れてくれた、その末裔は華族であったこともあり、当時宮内省と称した役所の調査もほとんど行われずに結婚することが許された。ところが、結婚生活も長く続かず、お腹の中に居る娘の顔を見ることもなく、祖母の夫は肺結核がもとで亡くなってしまったというのである。

上坂部の祖母は当時、決心していたことがあった。もし男の子が生まれたのであれば、夫の両親が懇願していることもあり、後継ぎとしてその子を夫の実家において、自分は

ここから出ていこうと。だが女の子であれば、将来、家を継ぐために好きでもない男と結婚させられるのを不憫《ふびん》に思い、自分の両親をその子の実親として実家に預けようと。

「先生、上坂部先生のお母さんは、結局、お父さんの顔を知らずに育ったのですね。しかも祖父母を両親として地方で育ったのですか?」

菊地は涙ぐんでいた。

「そのようです。……でね、どうしてこのような話をしたかというと、上坂部先生が、ほんとうに過去に戻れるのであれば自分の先祖に会ってもらえないかとおっしゃっているのです。もし会えたなら渡してほしいものがあるのだそうで、それは、手紙と、少し分厚い何らかの資料に、京都市街の地図だと聞いています」

「先生の言ってることがよくわからないのですが?」

北畠は困惑するようなまなざしを示した。

「過去に戻るとか、とんでもなく、おかしなことを言っているのは自覚しています。そこで驚かせたついでに言うと、じつは私は平安時代に行こうと思っているのです。平安時代に行くという表現が妥当なのかどうかは別にして。一一七九年、そう治承《じしょう》三年。平泉でどうしても義経に会わなければならないのです」

「まあ、仮にその時代に行けるとして、どうしてですか?」ふたりは口をそろえて尋ねた。

「私は、源頼朝が鎌倉幕府を樹立するのを阻止したいのです。そうなれば戦国時代も徳川時代も生じ無いかもしれません。いまとは違った日本が出来上がるのに期待しているのです」

「はあ〜。それができれば、……そうなんでしょうか」

菊地がその話に夢中になっているのとは正反対に、北畠は理解に苦しむのと同時に、どこか不安というか少し恐怖心を抱く自身の気持ちに気づいた。

「頼朝は平泉を滅亡させた極悪人だと考えています。極悪人というと頼朝ファンに叱られるかもしれませんね。彼を何とかすれば、どこの馬の骨ともわからない徳川が権勢をほしいままにすることもないでしょう。徳川は隠れキリシタンを迫害したことをご存じですか。秋田の佐竹藩主は九州などから逃れてきたキリシタンの人々を匿《かくま》い、銀山の炭鉱夫として雇っていました。しかし徳川はそれを知り佐竹に処刑を命じたのです。それも公開での。それから、大奥。将軍の御台所《みだいどころ》と呼ばれる正室のほかに、御中臈《おちゅうろう》から選ばれた側室というのがいました。その内部では、狭い世界で女性が出世を競い合う。平安時代は女性を重んじているところがあるが、徳川は女性を地に落としたと言っても過言ではないと思っています。もちろん徳川のすべてが悪いという訳ではないのですけどね」

「でも豊臣秀吉らは一部の宣教師が人買いを始めたので処罰したんじゃ」北畠がそう言うと、やっぱりそう来たかという顔をして加賀谷は応じた。

「たとえそうであったとしても、信者に罪はありません。それに平安時代に戻って平泉を護れば、奥州藤原氏は理想郷を設立するために、朝廷からにらまれないようにあえて仏教を信仰したままでであって、キリスト教の信仰も認めたはずです。そうなれば戦国時代になって他国から侵略される手段として使われることもないでしょうし、悲劇も生じないでしょう。もちろん国は武士らが命がけで守りますから」

菊地がそのとおりだと言わんばかりに何度もうなずくと、同意を得たかのように、気をよくしたのかニコッと微笑んで加賀谷は、つぎに北畠らと秋田で出会った経緯についで触れた。

洞穴があったと思われたその場所は、時間が過去に続く場所であり、一一七九年の春に到達するはずであったが、失敗して一一八九年文治《ぶんじ》五年八月の平泉に入ってしまった。それは奥州合戦真っただ中で、平泉が頼朝の手によって陥落する寸前であったため、加賀谷は命からがらその場を脱出し、現在に戻ったところを北畠ら、当時高校生の歴史研究会のメンバーにその場をみられることになったのだと説明した。

「先生、本当に過去に戻ったのですか⁉」北畠は興奮している様子であった。

「信じてもらえないかもしれないが、それは真実です」

「でも、未来には行けても過去へ戻るのは不可能ではないのですか？」

「どうしてそう思えるのですか？」

「もちろん光より速い速度が出せれば過去に行けるのでしょうけど」北畠のこの発言に加賀谷は笑みを浮かべながら答えた。

「では光に近い速度が出せれば未来に行けるというのですか？　それに、ひょっとしたら超光速で運動した観測者は過去に行かずに若返って乳児になっているかもしれませんよ」

「はい。先生が講義で言われていた相対性理論によると……」北畠はしどろもどろになっていた。

「質問を変えましょう。ではどうやって光に近い速度を出すのですか？　光速未満の速度しか出せない素粒子タージオン（tardyon）、光速で飛び回る素粒子ルクシオン（luxon）、光速を超える速度しか出せない素粒子タキオン（tachyon）。人体をタキオン粒子に変える方法でも見出さないかぎり超光速で運動することは無理だと考えているのですが、どうですか？」

北畠は何も答えられなくなって、力が抜けたのか、両肩が幾分下がったように見えた。それを見た加賀谷は、また延々と話しだした。

アイザック・ニュートンが時間と空間は別個のものであり絶対的な存在であると認識したのに対して、アルバート・アインシュタインは、それを覆し、時空間は分離できないものであって相対的な存在であると考えたのだと説明した。これに対して加賀谷は、時間と空間は別個のものであって、しかもいずれもが相対的な存在であると持論を述べるのであった。

さらに量子の話になり、二重のスリットに向けて一個の光子を発射するとどうなるのか、それについては口頭で話しても理解してもらえないと感じたのか、加賀谷は実際に実験してみせることになった。

加賀谷はここで待機するようにふたりに告げると、どこへやら急ぐようにその場を去っていった。まもなく先ほどのお手伝いさんがやってきて、また別の部屋へと案内した。彼女は、名を絹川幸子《さちこ》といい、加賀谷とは遠縁であること、そして彼の母が経営している会社で秘書として働いているのだと、楽しそうに話しだした。そうこうするうちにとおされた部屋はおそらく、あの和風の建物の内部に属しているようであった。北畠がそのことを確認すると絹川は笑みを浮かべながら軽くうなずくような素振りをしたからまず間違いない。

不思議なのはドアの解錠システムである。奥の部屋のは掌紋《しょうもん》による認証であったのに、つぎに案内された部屋の方は、虹彩《こうさい》といって瞳孔の周りの輪による認証方法であった。

絹川は顔をセンサーに近づけた後、その横にある鍵穴に何の変哲もないキーを入れて解錠したとはいえ、北畠は、なぜこれほどまでに堅牢にする必要があるのだろうと疑問に思っていた。もちろん、それらの謎のひとつはすでに解けた。小さな古い和風の建物に密着している隣が豪邸であることから、簡単に不審者がそこへ侵入できないようにするのが目的であろうことは明らかである。ではつぎに、案内された部屋には、なにか貴重な物が保管されているのだろうか。

彼の頭の中はそのことでいっぱいであったのに対して、菊地の方はといえば依然、さきほどの加賀谷の話に夢中になっており、つぎはどんな話になるのだろうかと、新たな話題に対してわくわくする気持ちがあふれ出ていた。

そうこう考えていると加賀谷が部屋に入って来た。

この和風の建物自体が、加賀谷の書斎であり、研究室であり、実験室であることを二人に明かすと、二重スリットの実験をお披露目しようとしたが、装置の調子が悪いので、前にその実験を録画したものを見せるという。加賀谷が扉の右側に置いてあったレトロ調のキャビネットの前に立ち、その手前にあるピアノの鍵盤蓋のように上下に動く蓋を開けて、そこにあるボタンを押すと、反対側になる壁を這うようにスクリーンが降りてきた。と、同時に部屋の照明が落ち、プロジェクターがスクリーンに向かって光を放った。

一同、その方へ顔を向けると、二か所のスリットが入れられた一枚の金属板に向けて光子を一個ずつ発射している動画が映し出された。

「よく見ていてほしい。スリットをとおった光子はその向こうにある壁に到達します。

その跡が、壁に点となって現れています。これを続けていくとこの画像です。壁にある点は干渉縞を成しているのです。この意味が分かりますか？」

「はい。光は波の性質を持っているからです」

北畠の回答に優しく微笑むように、

「そうです。よく知ってますね。でも、干渉縞以外にも、もう一つ意味があるのです」

「それはなんですか」

「一個の光子が二か所のスリットを同時に通過したということです。光が波の性質を持っているからという単純な考えでは説明できないものだと考えています」

「ええっ⁉　だとすると、うーん……」北畠が考え込むと、

「わかった！　パラレルワールドですよね‼」口を挟むように菊地が叫んだ。

「面白い考え方ですね。しかし、私はパラレルワールドという言葉が好きではありません。どうか気を悪くしないでください」

「いえ、そんな」菊地は顔を赤らめた。

「ところが、右側のスリットを光子がとおるとみれば、つまりそのように観測すれば、その光子は右側をとおり、左側のスリットをとおると観測すれば左側をとおるのです」

「光子に心があるみたい！」

菊地の言葉に、

「そのとおり、私は素粒子に意識があると考えています。いままでは物理学は物の性質をみる学問であって、精神や心は無関係であると考えていました。これからは意識と物の関係について考える新たな学問を体系化する必要があると考えているのです」

「ふむふむ」明らかに理解できていないにもかかわらず相槌を打つ北畠のしぐさに加賀谷はほほえましく感じた。

「ここが重要なのです。私は、心に念じればそのとおりになると考えました。つまり、過去へ向かうときに、自分が行きたい時代を念じれば、その時代に到達できると」

「でも先生、僕にはよくわからないのですが、結局のところ過去に行くにはどうすればいいのですか？」

北畠の言葉に菊地は何かひらめいたように言った。

「わかった！　ワームホールだわ」

「菊地さんは物理にも興味があるようですね。それとは違った現象です。確かにワームホールを通過すれば時空間を超光速でとおることになり、アインシュタインの理論の延長線上にある考えに従えば、過去に戻れるということになります」おそらく話が先に進まないことへのもどかしさからであろうか、菊地の知識や洞察力に感心しつつも加賀谷は苦笑した。

「そうだ！　ブラックホールでも過去に戻れるんですよね」北畠が突拍子もない声で言った。

「それは実現不可能な話です。まあ、世の中には何事も難しく考える人が多くいるものですが、光に近い速度を出すことよりは、過去に戻ることのほうがさほど困難ではないといえます。なぜなら、ブラックホールよりも簡単で安全な方法を神様が私たちに与えてくださっているからです」加賀谷がそう言うと、菊地は口を挟むようで申し訳ないといった顔をして小声で言った。

「先生、人間がブラックホールの中に入ってしまうと素粒子状態になって、その人の情報がすべて破壊されてしまうと聞いたのですけど、それは本当ですか」

「ブラックホールの蒸発によって情報が破壊されると言ったのか、無になると言ったのかは定かではありませんが、たしかスティーブン・ホーキング先生が唱えられた説だったと思うのですけれども、私のように無と有が連続していると見れば情報を失うことはないと考えています」

　加賀谷が答えると北畠も質問しだした。

「ブラックホールの蒸発って何ですか？」

「私はあまりそのあたりは詳しくないのだけど、ブラックホールの蒸発というのは、ブラックホールの放出する熱によって質量が無くなることをいうらしい。アインシュタイン先生が言っていたように、質量とエネルギーは同じものだという理論でいけば、ブラックホールが飲み込んだ星などの質量はすべてエネルギーとして放出されることを言っているのだと考えています」

「すごい！　じゃあ、石をすべてエネルギーに変えられれば、電力の問題など吹っ飛んでしまいますね」北畠は目を爛々と輝かせた。

「そうですね。それができれば良いんだけどね。この表現が妥当なのかどうかは別にして、宇宙規模でないと実現するのは不可能です。人間の力ではせいぜい原子力発電くらいかな」

そう言って加賀谷は話を元に戻そうとして、つぎのことを延々と説明しだした。

アインシュタインの特殊相対性理論は、一八八七年に行われたマイケルソンとモーリーの実験に基づいており、光は当時、波であると考えられていたことから、その媒体であるエーテルを検出するために、マイケルソンらは地球の自転の影響でエーテルの風が流れる方向や、ピタゴラスの定理を応用して計算するために、それに対する垂直の方向へと光を放った。しかし結果はどの方向へ光を放っても光の速度は一定であった。アインシュタインはエーテルの存在を否定し、特殊相対性理論を組み立てるうえで重要な二つの仮定のうちの一つに光速度不変の法則を採用したというのである。

「ところで、光速度不変の法則ですが、たとえば、新幹線こまちが、東京駅を発車して盛岡方面に向かって、三二〇キロメートル毎時、つまり、時速三二〇キロメートルで走行している客車内に私がいます。私がその進行方向に向かって時速五キロメートルで歩いたとすれば、その様子を外の静止している地面、つまり慣性系から見ている人が、私の速度をはかると時速何キロになりますか？」

「三二五キロです」

菊地が恐る恐る答えた。

「そうです。では、その逆向きに五キロで歩けばどうですか？」

「僕が思うには、先生の速度は三一五キロです」

「そのとおり。では、これを光の速度に置き換えればどうですか。いま言った客車の真ん中に光を進行方向とその逆の方向に同時に発射できる装置があるとしましょう。光の速度をCとします。どうですか！」

「進行方向に向かった光は三二〇キロ+《プラス》Cで、後ろに発射されたのは、三二〇キロ−《マイナス》Cです」

「北畠さん、違います。どちらもCなのです。さっき言ったように光の速度はだれが観測してもCなのです」

「ええっ⁉」

驚く北畠に菊地は少し軽蔑するようなまなざしを注いだ。

「この実験では、もう一つ興味深い点があります。つまり、それを、光源ではなく、時速二〇キロメートルの速度で、列車の進行方向と、その逆の方向に、同時に飛ぶピンポン玉の発射装置に置き換えれば、客車の中にいる者が見ても、外から見ている者が見ても、同時にピンポン玉は前後の壁に付されたドアに当たります。けれど光の場合はそうではありません。外から様子を見ている人からすれば、進行方向へ向かった光は遅くドアにぶつかり、後方へ発射された光は早くドアに到達します。中にいる私が観測すると、双方の光はそれぞれのドアに同時に到達します」

「全然わかりません‼」

北畠はもうお手上げだというように両肘を曲げながら両腕を交差した。

「ははは、奇妙な動作ですね。では、もっと簡単に説明しましょう。ここが重要です。たとえば、新幹線こまちと東海道新幹線のぞみが同じ方向へ向かって並行して走行しているとしましょう。どちらも時速二〇〇キロです。この場合、それぞれ互いの列車に乗っている乗客の顔を見ることができます。しかしこれが光速だと、互いの列車はそれぞれ光の速度で追い越されるのをみるのです。もちろん、実際は見ることはできませんけどね」

「光速度不変ですか⁉」菊地が言った。

「そうです。これをどのように説明すればよいのかというと、光の速度に達したときにはそれぞれ時空間はゼロになると考えればよいのです。速度が小さくなるにつれ、それに応じて時空間は伸びます。そう考えれば理解できるでしょう？」

「飛行機の場合には、光速からすればその速度は微々たるものだから、時間の遅れは感じないということですよね」

菊地は自慢げであったが、何か腑に落ちないようで、すぐさま表情が変わった。

「先生。でも一般相対性理論だと重力が関係しているんでしょう？」

「アインシュタインは時空間を切り離すことなく、空間の曲がりによる現象として重力を説明しました。いまはウェブで検索してもあまり出て来ないのですが、昭和の時代に、欧米の科学者がある実験をしたのです。重い金属の球と軽い金属の球を、空気の抵抗がないところで同時に落下させました。すると軽い球の方が先に落下したというのです。ほかの実験では重い方が先に落ちたそうです。それらの実験結果は異なるのですが、その結果に間違いがないとすれば、空間の曲がりを重力の根拠とするアインシュタインの理論は、もう一度検証した方が良いと思うのです。だって空間の曲がりを根拠とするならば、それらの球は同時に地面に到達しなければおかしいからです。ところがアインシュタインの理論が正しいと考えている学者は、第五の力が存在しているとみています」

「空間の曲がりが重力ですか⁈」北畠は、話の内容がよく理解できず疲れてきたので、上の空であるとみられてはならないと思ったのか、突拍子もない声を発した。

すると意外にも菊地が、弾んだ声で説明しだした。

「知ってます！　上昇するエレベーターの箱の中心に置かれた、両側の壁に向かって、それぞれ同時に光を放つ光源があって、中の人は光源の高さと同じ位置にそれぞれ光がまっすぐ両側の壁に到着するのをみるのに、外にいる人は歪曲して到着しているのをみるのでしょう！」

「そのとおり！……ただ、先にいったように、私の考えでは、時間と空間は別物です。光よりも速く運動することができなくても過去に戻れるのです」

「へえー。それはどんな理論なのですか？」

菊地の声に、右拳の甲を下あごにあてながら、加賀谷は笑みを浮かべた。

「実は私もよくわかっていません。逃げる訳ではありませんが、発明を例に挙げると、自然法則を利用したものが発明なのですが、どういった自然法則なのかわからなくても良いのです。それでも発明として成立します。過去に戻れるという事実も然《しか》り」

「そうなんですか」菊地は意外だという顔をした。

「私の考えでは、未来に行くことはできません。けれども過去に戻ることはできます。たとえば風船を連想してください。風船の外側が未来です。そして風船の内側が過去になります」

「ふむふむ。そうか分かった！　先生、過去に戻った証拠に、平安時代の品物を持ってくればいいんだ」

「北畠さん、残念ですが、それができないのです」

「どうしてですか？」北畠は落胆したようであった。

「今度は、さっき話した風船が幾重にも重なっているのを想像していただきたい。いや、もっと簡単に、コピー用紙を束ねた状態を思い浮かべてください。われわれの世界が頂点にある、その一枚目だとします。その一枚、一ページといってもいいでしょう。それは『いま』、この時点を意味します。平安時代が一〇〇枚目の紙だとしましょう。私たちは頂点にある一枚目にいるので、そのあとにある用紙のどこにでも行ける。ところが一〇〇枚目の用紙の世界の人たちは一〇〇枚目から後の世界に行くことはできても、九九枚目の世界には行けないのです。それは何を意味しているのか。つまり、一〇〇枚目の世界にある品物も人もみな、一〇〇枚目より前にある世界には行けないのです。一応、私たちの世界は一枚目と言いましたが、その前にも世界があるのかもしれません。まず間違いなくあるでしょう。でもそこへは同じようにわれわれが行くことはできないのです。ただここでは便宜上、『世界』という表現をしましたが、これを多世界理論だと思わないでください。複数あるように思っても、じつは世界は一つなのです。そういう意味において、私が言った『世界』は『時代』と言い換えた方が良いかもしれませんけどね」

「なんとなくわかったような……」

北畠は腕を組みながら首を傾げた。

「そこでお願いがあるのです」

真剣なまなざしをふたりに注いだ。

「私は来月、もう一度挑戦しようと思っています。そこでもし私が戻らなければ、どうか上坂部先生に今日話したことを伝えてほしいのです」

「先生、どれくらい待てばいいのですか」

菊地は涙目になっていた。

「うまくいけば三か月。あるいは一年かかるかもしれません」

「先生。よく映画なんかであるじゃないですか。一年ぐらい過去に戻っていたけど、現在に戻ったときはほんの数分しか時間が経っていなかったというのが」北畠の言葉に、

「確かにそれはできます。しかしそれは、私にとっては『いま』ではないのです。『いま』に戻る途中なのです。一年間平安時代に戻っていれば、私の『いま』に戻ったときは一年経過しているはずです」

加賀谷がそう答えると菊地がさらに尋ねた。

「どれくらい戻って来なければ上坂部先生にお伝えすればいいのですか」

「菊地さん、母には六か月間と伝えています。過去の世界へ戻る実験だということも。母も私がいまお話しした理論は理解してくれています。母は、大学時代の専攻は考古学ですが、いまにいうリケジョ（理系女子）ですから。ただ、平安時代に行くことは伏せています。そこで上坂部先生にも、六か月間戻らなければ伝えてほしいのです」

「わかりました。でもどうして私……」

質問の意味を察したようで、菊地の言葉を遮って答えた。

「なぜあなた方に伝えてほしいのかというと、秋田の、あのすずで出会ったとき、おふたりが私を気遣ってくれたからです。いい人間だと思いました。何か不思議な縁でつな

がっているようで、偶然でも、こうして出会えたのですから。やはりひとりだけで冒険して、あとはそのままというのでは寂しいというか、情けないのでね」

「はい、わかりました」

北畠がそう言うと、菊地はうつむき加減で、しかも口ごもった声で言った。

「先生、私も平安時代に行ってはダメですか?」

「そのお気持ちは有り難いのですが、危険が伴うし、まず、ご両親が心配されます」

「私、この世の中が嫌いなんです。能力もなく人格もおかしい人が、どの職業にも大勢いるし。女が世に出られる社会とかなんとかきれいごとを言っても、へんな女性が政治家や教授になったり……」

「たしかにそうですね。否定はしません。でも私が知っている女性の科学者や政治家には秀でた能力を持っているうえに、人格者も多くいらっしゃる」

「……わかりました」

しょげたような顔の菊地に気づいたのか加賀谷は優しく微笑んだ。

「私の話を聞いていただいてありがとうございました。それじゃあ、これでお別れとしましょう」

「ありがとうございました」

ふたりは加賀谷に礼を言うと引き戸を開いて古びた家をあとにした。

駅に向かう途中にある、幾棟も連なる団地を越えてデパートの入り口に差し掛かるまで菊地は物思いにふけっていた。

「どうかした？」

「いえ」

北畠には菊地が何を考えているのかわかっていた。加賀谷教授と共に過去の世界へ行ってみたいと思う、なにかしら、その強い気持ちが伝わってくるからであった。

そう思っていると突然菊地が叫ぶように言った。

「あっそうだ！　先生に武田君が写した写真を見せるのを忘れてた」

「また今度でいいじゃん」

あとはふたりとも無言で駅のプラットホームへと向かって行った。

過去への旅立ち

翌日は朝から激しい雨になった。

夕暮れ近く、蕭蕭《しょうしょう》と降り続く雨のなか、ひとりの若い女性が加賀谷の家の前に立っていた。

その姿は菊地百合子であった。彼女は淡いピンクの花柄模様が付された雨傘を片方の肩に当てながら、この古ぼけた家の主を待っているようであった。雨傘はヨーロッパのブランドであることも影響しているのか、派手ではないがどことなく気品のある意匠が、薄暗い住宅街の中でひときわ明るく目立っているようにみえた。

彼女は長時間そこに居たようで、寒さで少し震えているようであった。そのとき、長身の男性が彼女の前に姿を現した。

「先生！」

「どうしました？　風邪をひいてはいけない。さっ、中へ入りましょう！」

しごく加賀谷は驚いた様子ではあったが、快く家へと招き入れた。

庭が見える奥の部屋にとおされると、暖炉がある傍に置かれてあったソファーに腰かけるように促された。すでに暖房が効いており、暖炉の火はお飾りといった程度のものであったが、四月の下旬とはいえまだ肌寒いうえに雨がしとしと降っているなかで、長いあいだ待ち続けていた菊地にとって、その温かさは、加賀谷のやさしさと相まって、しみじみと深く感じられた。

「何かあったのですか？」

加賀谷は心配そうに尋ねた。

「先生、お願いです。私も平安時代に連れて行ってください。昨夜、母にも話しました」

「昨日私が話したことを？」

「はい」

「お母様は笑っていたでしょう？」

「いいえ、真剣な表情で聞いてくれました」

「で、どうおっしゃってましたか？」

「人生は一度しかないからチャレンジしてみなさいって」

「う～ん」

加賀谷は半信半疑であった。なぜなら過去に行くとか、平安時代に戻るとか、ましてや、時代を変えるなどという、ばかげた話を真に受ける親など居るはずがないと思ったからである。

「その気持ちは、本当にありがたいと思います。しかし、何度も言うようにそれは危険を伴います。しかもあなたは女性です。オリンピックなどに出場する位の女性ならばともかく、男性とは、体力に差があります」

「先生、母は私のことを信頼してくれています。ひょっとしたら、過去に行けるなどということは信じていないのかもしれません。でも、私が懸命に取り組める何かを見つけ出したことを、母は認めてくれたんです。だからお願いです。私も連れて行ってください」

「わかりました。考えておきましょう」

「ぜひお願いします！」

菊地は懇願するように言った。

「……。そうだ、そうなると、北畠さんも連れていかなければならなくなるし、上坂部先生に伝えてくれる人がいなくなる」

「どうして上坂部先生をそのように気に掛けられるのですか？」

「先生は苦労をされてきた方なのです。先生の父親は酒乱で、お母様に暴力を振るうのをみて育ちました。だから大人になったら弁護士にでもなって、弱い立場にある女性を救おうと決心されたのだそうです。いまは、一部の弁護士には幻滅されているようですけどね。余談ですが、ある会合で弁護士の中に類推解釈を理解できない者がいたようです。叱ってやれば良かったのにと、他の法学者が言ったそうですが、上坂部先生は大勢の前で、その弁護士に恥をかかせては気の毒だと思ったのだとか。先生らしいエピソードですけどね。でも本当は、先生は幼いころから自然科学が好きで、将来は物理学者になろうと思っていたのだそうです。そこで、高校生のときは関西に住んでいらっしゃったのですが、物理を勉強するのに適した東京の大学を受験して、みごと理学部物理学科に合格した。しかし、関西に残したお母様のことが気になって、入学金だけ払って進学をあきらめられたそうです」

「でも、哲学の先生ですよね」

「そうです。先生はあらためて、関西にある大学の法学部に入りなおしました。そこからまた不幸が始まります。ゼミの担当教員も、大学院のときの担当教員も、先生の才能を摘み取ろうとする輩《やから》だったからです。私もその教員のことは知っていますがね」

「法学がご専門だったのですか⁉　なのにどうして哲学を？」

「まあ聞いてください。その担当教員は能力もないし、人格にも問題がありました。あなたも社会に出れば、運悪くそういう人に出会うかもしれませんがね。先生の場合は、あまりにもひどかったのです。学生である菊地さんには、これ以上お話しすると失望してしまうかもしれませんから、やめておきますけど。で、先生は専攻を憲法や法哲学に変更されました」

「それで哲学を担当されたのですね」

「そのとおり」

「でも上坂部先生のお母様、かわいそうです！」

「お母様のお母様、すなわち先生のおばあさまは、彼女の郷里に家を建てて、夏休みになればそこに娘や孫が滞在できるようにしようと考えました。ところが親戚縁者というのもとんでもない人たちで、先生からみれば叔祖父《しゅくそふ》、大叔父《おおおじ》ともいうのですが……」加賀谷は少しためらいがちにまた話を進めた。

「おばあさまは、夏休みの短いひとときを平穏に過ごせるようにと、叔祖父をその家に住まわせて金銭援助することを条件に、娘や孫が滞在している期間は快く受け入れてほしいと頼んだそうです。快く引き受けたとみえたその大叔父さん夫婦やその子らもそこに住んだのですが、親子そろってわが家のようにふるまい、まあそれは良いとしても、恩を仇で返すかのように、先生やお母様に冷たい態度をとり続けました。その大叔父さんの子の一人は、自分の家に来るなと暴言を吐くなどしたそうです。親子が夏休み中、誰にも気を使わないようにするためにと建てた家なのに」

「なんだか、レ・ミゼラーブルに出てくる宿屋の悪徳夫婦みたいですね」

「よく言った！　ははは」

「上坂部先生が物理学者だったら、タイムマシンも作ったかもしれませんね」

「えっ⁈……」

加賀谷は苦笑いしながら続けた。

「上坂部先生は初めてローマにいらっしゃったときに不思議な体験をされています。バチカン市国にあるシスティーナ礼拝堂に先生が入られたときのことです。そこには大勢の人がいたにもかかわらず、先生だけがおひとり壇上に上がりイエスさまの像を拝観されたのです。それだけでもありえないことなのに、すると先生は涙がとめどなく流れたかと思うと、薄暗い照明であった礼拝堂の中が急に明るくなったということです。それがたまたま何かの取材のためであったとしても、周りにいた大勢の人たちは、こんなことは今まで何度も来たが初めてだとか、この中に行いの正しい人がいるからだと大騒ぎになったそうです。そのとき先生は思われたそうです。母と私は神様に守られていると。当時その場に居合わせた知人から聞いた話です」

「そのような境遇にあっても。……優しい方なのですね」菊地はたいそう感じ入ったようであった。

「先生はそういうまっすぐなお方だし、昨日お話ししたように先生のお母様と私の祖母がまるで姉妹のように仲が良いものですから、私もいつしか家族のように思うようになったのです」

「そうだったのですか」

「暖まったら帰りなさい。車でご自宅まで送ります」

「はい！」

菊地が嬉しそうに答えたのに安心したのか、加賀谷は早速、隣の豪邸の車庫においてあるドイツ車に乗ってやって来た。

彼女の自宅まで車で送るなか、加賀谷姓はペンネームであって本名は絹川であり、上坂部にちなんで三文字から成る苗字にしたことなど内輪話に話が弾んだ。

距離が三キロほどしか離れていない自宅に着いた菊地は、礼を言うと、うきうきした様子で玄関の扉を開けた。夜《よる》の帳《とばり》が下りた街にたたずむ一軒家は、彼女の心を一層明るく包み込むように見えた。

教授の裏切り

絹川の自宅に戻った加賀谷は、遅い夕食もそこそこに寝室へ向かった。

大きなリュックサックの口を開いて、そのなかにちょっとした食料や懐中電灯、電池、筆記具や書類など、近く訪れる冒険に必要な品々を、すぐに取り出せるように確認しながら入れ始めた。

しばらくしてスマートフォンに電話の着信メロディーが鳴った。加賀谷は煩わしいと思いながらも、そのディスプレイを確認してみると発信者は北畠であった。

「どうしたんだろう」

スマートフォンを手に取った。

「先生、北畠です」

「どうしました？」

「じつは菊地さんのことなんですが、さっき電話があって。……彼女、先生と例の洞穴に行く気です！」

「困ったな」

「先生はいつ洞穴に行かれるのですか？」

「来週の水曜日。午後二時を予定しています。どうか菊地さんには言わないでください」

「じつは、僕も先生と一緒に行きたいのです」

「なんだって⁉」

加賀谷は困惑した様子で、右手の親指と他のそろえた指との間を広げて額に当てたと思うと、左手にあったスマホが滑り落ちそうになった。

「悪い冗談はやめてくれ！」疲れ切った表情であった。

「えへへ、僕もいま両親から承諾してもらいました」

照れ笑いのように聞こえた。

「危険すぎる。それに悪いけど、足手まといになる」

「先生、明日また先生のご自宅、じゃなかった、書斎兼実験室に行っても良いですか？」

加賀谷は弱った様子で力ない言葉であったのに対して、彼は遠足にでも行くかのような弾んだ声であった。

一応、加賀谷は、準備のために時間をとっていたため、あすの夕方に会う約束をすると、北畠は喜んで電話を切った。

そして翌日、約束の時間がやって来た。

玄関の呼び出し音が鳴ったのでインターフォンのディスプレイを覗くと、カメラから少し離れたあたりに男の姿があった。

加賀谷が直接、玄関の引き戸を開けると、北畠の隣に菊地も立っていた。

「先生、お邪魔します」

加賀谷は当惑しながらも、ふたりを招き入れた。

この日は書斎にとおされた。彼らにとってそれは初めて見る部屋であった。部屋は一〇畳くらいの広さの洋室であり、壁にはコの字型に書棚が置かれていた。その書棚には欧米を中心としたいろいろな分野の書物が多くあり、ほかに中国やアジアの歴史に関する書物などが置かれていた。欧米のものは原書がほとんどであった。

「先生、すごいですね。これ全部読まれたのですか？」

北畠が尋ねると、

「いや。私は本をじっくり読んでいる暇もないので、必要な箇所しか読みません」

「そうなんですか」

「それでまず北畠さんに聞きたいんだけど。ご両親が了承したというのは本当ですか？

しかも私が一昨日話した内容を忠実に伝えたのですか?」

「はい!」

自信ありげに答えた。

「僕の両親は金銭的なことで大学に行けませんでした。でも、そこらの大卒の人たちより教養もあるし、学問に対して人一倍興味を持っています」

「立派なご両親だと思います。いまはどの企業も大卒を条件に雇用しているので、持ちうる能力を伸ばせるように、高校卒や中学卒の人たちに、もっと門戸を広げないと、日本の将来は危うくなるといえます。大学で学ぶこと以外に、大切なことは数えきれないほどあるしね」

「はい。父は会社勤めを途中でやめて、起業しました。いまでは業界においても一目置かれる企業になっています」

彼の父親の会社名を聞いて加賀谷は驚いた。母の会社の取引先でもあり、結構、名が知られている会社であったからだ。

「私の言ったことが、そんな簡単に、ご両親に信じていただけるのかな」

「はい。その理由は、両親は僕を信じているからです。僕も両親を裏切ることはありませんから」

「しかし、ご両親は、半年以上何にも連絡できない状況にあって、本当に心配しないのだろうか」

「冒険が失敗してもいいんです！　一生に一度の、誰も経験できないことを体験してみたいんです」

「菊地さんは？」

「昨日言ったとおりです。決心は変わりませんし、両親も気は変わっていません。先生のこと信頼してますし信じていますから！」

「わかりました。では過去に戻る時の約束事などについて説明しましょう」

そういって加賀谷は隣の実験室から杖のようなものを持ってきた。

「これは自分が行きたい『時代』と『場所』を念じる装置です。前にお話ししたように、意識が、ある自然現象に影響を与えることがわかりました。おふたりが洞穴と呼んでいる時間の穴を見つけたり、その穴を大きく広げることにも、心が作用することがわかっています。時間の流れもそうです。もちろん、あの洞穴に入らなければ念じても不可能だけど。平安時代のある時点、ある場所に行きたいと願えば、その時点に到達できるというのが私の考えです」

「でも二年前のあのときは失敗したんでしょ」

北畠のつっけんどんな言い方に菊地は怒ったように、

「でも過去に行けたことは確かじゃない！」

「たしかに一〇年の誤差はありましたが」苦笑しながら加賀谷は言った。

「あの洞穴はどうすれば出てくるのですか？」

彼女の質問に、

「さっき触れたように、それもこの装置で念じれば良いのです」

「あっそうだ。先生この写真を見てください。あの時の写真です」二枚の写真を北畠から手渡されて加賀谷は、

「これがあのときの。右手に装置を持っている私が写っている。装置の先っちょが消えているけど、これは洞穴のせいだな」

「そうだ、量子力学では、お月さんを観測しなければ、お月さんは存在しないんですよね。それに似た現象じゃあないですか？」北畠の言葉に、

「まあ、ミクロの世界であれば、そう言えるだろうけど。お月さまは、見なくても、やっぱりあるよ。洞穴が見える見えないは、その考えに近いのかもしれないけどね」

「ところで、あのう、あの時は先生おひとりだったけど、三人で行くときはどうするのですか？」北畠は続けて問うた。

「複数人で行ったことがないので何とも言えない。……やはり危険だなぁ。離れ離れにならないようにベルトか何かで三名の体を留めるしかないと思うのだが」

「洞穴のなかはどうなっているのですか？」

こんどは続けざまに彼女が問うた。

「洞穴のなかは普通の洞窟のように暗くて、涼しさが次第に寒さにつながります。そのうちに意識がなくなって、目が覚めると洞穴のなかに外界と結ぶ光が差して、その方向に歩いていくと望んだ時点の世界が目の前に現れるのです」

「すごい！　すごい！　早く行ってみたい！」ふたりは顔を見合わせた。

「私は学長にお願いして半年間、休暇を取りました。名目は研究活動ですが、いかんせん、私の担当科目は法学なので、『時間移動の実験』ではなくて、『平安時代における律《りつ》令法《りょうほう》の研究』としておきました。ははは」

「私たちもすぐに休学手続きを取ります」菊地の言葉に加賀谷は複雑な気持ちになったせいか小声で言った。

「やめておいた方がいいと思うけどな⁉」

「絶対に行きます。で、いつになりますか？」

彼女が日程を問うと、

「北畠君には告げたのだけど、来週水曜日午後二時に、例のすずのところでいかがですか?」

「はい。準備するので必要なものを教えてください」はつらつとした彼女の態度にあっけにとられた加賀谷は、しばらくしてパソコンに向かって何やら打ち始めると、プリンターから出て来た用紙をそれぞれ数枚ずつふたりに手渡した。

「ここに書いたとおりです。あとは各々必要になるものを追加しておいてください。……そうそう、言うまでもありませんが、スマートフォンやラジオなどは使えません」

「はい」菊地は笑みを浮かべていた。

「では当日、現地で。ふたりとも当日だと疲れるだろうから、前日の火曜日、秋田に到着するようにすればいいでしょう。私はふたりより少し先に行って状況を確認しておきます」

「はい、お願いします」ふたりは、やったと言わんばかりに顔を見合わせた。

加賀谷は少し疲れていたが、彼らを玄関まで見送ると早速、支度に取り掛かった。

「あのふたりには悪いが、私は予定を早めて日曜日に実行します。切符を買っていると気の毒なので、秋田までの往復の旅費などは、橋本さんをとおして、ふたりに支払うようにすると、それぞれこの携帯番号あてに、日曜日の夜に電話で伝えてください。橋本さんはまったく事情を知らないから都合がいいのでね」

そこには絹川幸子の姿があった。

「はい、わかりました。間違いなくお伝えします」

恐ろしい体験

金曜日の午後、加賀谷は大曲《おおまがり》駅に降り立った。

大曲駅は新幹線こまちが停車する駅であり、例のすずのある場所まで西へ一五キロメートルほどの距離にある。

また、大曲駅から南東へ一五キロほど行くと、後三年合戦の古戦場があったところに、平安の風わたる公園がある。そこは納豆の発祥の地であると言われており、後三年の役は、藤原清衡《ふじわらのきよひら》が平泉の奥州藤原氏の祖となった、因縁の深い戦《いくさ》である。

「さあ、とうとう着いたぞ」

加賀谷は駅前からタクシーに乗り、そこから一キロも離れていないホテルに向かった。フロントで入室の手続きを済ませ、荷物を預けるとすぐに、道路を挟んだ向こうにあるスーパーマーケットへと歩いた。

結構なんでも揃っている地元の店であり、大曲に来れば必ず寄るお気に入りの店でもあった。そこでは乾電池を数十本買い足し、現地の特産品である菓子をいくつか買い込んだ。

それが済むとホテルにあるレストランに入り夕食を済ませ、リュックに先ほど買った乾電池を詰め込むと、片手にスーパーの袋に入った菓子を持ち、大きく膨らんだリュックを背負いながら、三階にある部屋へと上がっていった。

部屋に入った加賀谷は、すべての準備は整っていたようで、そのままぐっすり眠りについてしまった。

明くる朝、加賀谷は例のすずの前に立っていた。

泉の前に両膝をついて、その泉のすぐ側にある水神を祭っている祠に手を合わせた。そして、両手ですずの水を掬《むす》ぶとそれを飲み干し、そこから道の向こうにある葛の蔓《つる》に覆われた粘土質の岩肌が見える場所へと移動した。

すると、その前に立った途端、彼は無性に震えが止まらなくなった。それというのも二年前の、あの恐ろしい記憶を呼び覚ましたからである。

到達時点を一〇年違《たが》えたがために、到着した場所は平泉の街中《まちなか》ではあったが、そこは頼朝らが率いる軍勢により火に覆われていた。必死になってその場を逃れようとしたそのとき、泣き叫ぶ女子供の声を聞き、道義心というのか慈悲の心というのか、頭のなかはなんだかわけのわからない感情や情緒で混沌としたかと思うと、何とか一人でも多くの人を助けねばという、強迫観念とは明らかに異なる、強い心が彼の行動を支配しだした。

どこか安全な場所はと考えあぐねた挙句、時間の洞穴を再現することに決めた。それは彼が、一一八九年のこの時点、この地にやって来た場所である。洞穴はもともと拡大鏡がなければ見つけられないほど小さな穴であり、じつは秋田の黒沢のすずの近くの岩肌の場合も同様に極小の穴に過ぎなかったのである。

彼はその場に立ち、杖を両手に持ち念ずるようにしたが、雑念や焦る気持ちが高まって、なかなか人が入れるほどの洞穴にならない。しかし街中は地獄と化し、逃げ惑う住民を鎌倉軍の輩はあざ笑うかのように追い散らし、その命を奪い目ぼしい財物を略奪していった。このような状況を目の当たりにして自らの命も危険にさらされていることはわかっているが、母子だけでも救おうと必死になって杖を操作しようとするがなんとも仕様がない。

すると、髪が乱れ疲れ果てた顔をした武者が彼のもとに現れたかと思うと、いきなり切りつけてきた。とっさに杖を横にして左肩に刃が当たるのを免れたのもつかの間、また別の下っ端の武士らしき者が現れた。もうこれでだめかと思ったとたん、その下級の武士らしき男は、武者を一太刀で切り捨ててしまった。するとその男はニヒルな笑いを浮かべ、地面にしゃがみこんでいる彼の肘をぐっと右手で支えるようにして起こした。

「ここは危ない。見たところ平泉の者でも鎌倉の者でもないようだが、早く立ち去れ！」

礼を言おうとしたが、そういって男は姿をくらましてしまった。と、どうだろう、なんとした訳か洞穴が姿を現したのである。

その様子を見ていた一組の母子や、平泉の住民と思しき者が数人傍にいたので、彼らを穴の方へ誘導した。そのとたん、また鎌倉軍の武士らが数人、刀を振り回してこちらの方に走り寄って来た。とっさに杖を横にしたときであった。洞穴は閉じ外界と遮断された。

神様のご加護だと感じた加賀谷は安堵したが、中は暗く寒かったこともあり、不安に思う子供が泣き出したかと思うと、男女を問わず大人までもが不安に耐えられない様子で声を荒げだす始末であった。彼は事情を説明しても理解してもらえまいと、リュックから手探りで取り出した電池式ランタンのスイッチを入れて、自分は権現様であるから安心しなさい、とうそぶいてしまった。嘲《あざけ》り笑われるかと思いきや住民たちは彼の前に両膝をつき拝みだした。彼はその時思った、この時代は純真な心を持った人が多いのだと。そして、この平泉を滅亡させてはならないのだと固く決心したのである。彼は、学生である北畠や菊地には、時代を変えること、それがためには平泉を残すこと、そうすればまた、徳川時代にあった悲劇などを生じさせることもないであろうと言ったが、これらと相まって、この悲惨で恐ろしい状況を体験して、このような悲劇が起こらないようにしようと決心したこともまた否めない事実であった。

彼は時間の洞穴の中で、数年前の過去へ戻そうと思ったが、そうなると年齢が異なる同一人物が混在することになり混乱をきたすだろうと考え、結局、断念した。どうしたものかと思い悩んでいると、どこからともなく一筋の光が差し込んできた。それは明らかに炎によるものではなかった。思い切って杖を操作して外部へと通ずる洞穴の扉を出現させた。まぶしさに一同、前腕や手のひらで顔を覆った。朝になっていた。外界に出ると焼け落ちた建物が悲しくも元の形を成さず、ところどころ弱々しく煙を吐きながら、黒いシルエットを成していた。

加賀谷は華やかなる平泉の街を見るどころか、朽ち果てた街の姿に肩を落とし、呆然とその場に佇《たたず》んでいた。

頼朝の命が下ったのか、鎌倉方の兵士は平泉の民には、もはや危害を加えることはなかった。

洞穴に避難した者はみな、加賀谷に礼を言うと、あっという間にその場を去っていった。

ただ、一組の母子を除いて。

「どうかしたのですか」彼は母親に尋ねた。

「はい。私は藤原秀衡《ふじわらのひでひら》様の郎党の娘でございます」

その女は、まだ二〇歳前後の若さで、色白の目鼻立ちのはっきりした美しい顔立ちであった。平安時代の女性は下膨れの平らな顔というイメージであったのとは全く異なっていたので、彼が意外であると感じたのも無理はない。彼女は三歳くらいの男の子の手を取りながら話し出した。

「本来ならば鎌倉軍の武士に殺されていてもおかしくはなかったのですが、あなた様のお陰でこうして私たち親子は無事に生きながらえることができました」

「秀衡さんは二年前に亡くなっているのではないのですか」

「父は秀衡様の英知と勇気、優しさに心打たれ郎党となったのでございます。他に主と仰ぐ方はおりません」

「郎党とは家来のことですか?」

「そうです。父は秀衡様にだけ忠誠を誓いました」

「どうしてあなたは、私が切られそうになった時、危ないのに傍に来られたのですか?」

「ほほほ、あなたを助けたあの武士は、私の夫なのです」

「そうでしたか。お陰様で命拾いしました。ありがとうございます。でもご主人はご無事でしょうか」

「大丈夫だと信じております」

そういって彼女が立ち去ろうとしたとき、

「すみません。お名前を教えていただけませんか。私の名は、かがやあきのしん《加賀谷章之進》と申します」

「私の名は、『いね』と申します。夫の名は、勘弁してください」

いねは夫を案じてその名を伏そうとした。

「一つだけ教えてください。どういう経緯《いきさつ》でお父上は郎党になられたのですか」

「義経様の郎党の紹介です。その方は義経様を京から平泉までご案内された方だと聞いております」そう言って彼女は、子供を抱き上げると振り向きざま、「ごきげんよう」とあいさつして、焼け跡となった悲しげで変わり果てた街並みを歩き始めた。

加賀谷は彼女の姿が見えなくなるまで見送ろうと思った。いうまでもなく母子が無事に帰れるかどうか心配であったからだ。

「義経の郎党って、ひょっとして金売吉次《かねうりきちじ》のことか⁉　吉次が義経の家来だったとは。

案内人から家来になったのかな。それにしても実在の人物だったんだ」

あれやこれやと想像をめぐらしながら、もしこの推量が当たっていれば、これはとんでもないことだと心が躍るようであった。そのとき「痛たた!」、さきほどまで感じていなかったにもかかわらず、安堵したためか、左肩に激痛が走った。

「これはたまらん。取り敢えず『いま』に戻ろう」彼は杖を手に持ち、その頂点にある装置を両手で握り操作しだした。

気を失ったと思うと一瞬のうちに黒沢のすずの横にある斜面に洞穴が現れた。肩を痛めた加賀谷が、右手に杖を持ち疲れ果てた様子で、そこから出てくるところを数人の男女に見られていた。その中に北畠や菊地がいたというわけである。

加賀谷は二年前の出来事を、まだ数か月前のことのように思えていた。

「時の流れというのは早いものだ。いよいよ明日の昼に出かけるとしよう」

なにやら岩肌を拡大鏡で丁寧に観察し終えた彼はすずを一見すると、そう誓って宿舎へと向かった。

再びの挑戦

翌日の昼、加賀谷は現地に赴き、重いリュックを背負って立っていた。

杖の形状をした装置に両手を当て、そこに洞穴が開くよう念じた。すると本来肉眼では確認しづらいほど小さな穴となっている時間の流れを司る自然現象といえるものが、大きな洞穴となって彼の前に現れた。彼は無言でその中に入ろうとした。と、そのとき、彼を呼び止める男の声が聞こえた。その声は間違いなく北畠のものであった。

その声に加賀谷はぎくりとして立ち止まった。

「先生、ずるいじゃないですか！　僕たちをおいて自分だけ過去へ行こうだなんて！」

「ああ、北畠さんか」北畠の言葉に加賀谷は戸惑うように言った。

「あれ菊地さんも⁈」加賀谷はさらに驚いた。北畠の後ろに目立たないように佇む菊地の姿があったからである。しかし、ここで押し問答をしている余裕はないと悟った加賀谷は仕方なく二人を同行させることにした。

「先生、一人で念じて一〇年誤差があったのですから、僕たちを仲間に入れれば三人だし、誤差も縮まるんじゃないですか」北畠は訴えるように、その存在感をアピールした。

「それはわからないが、仕様がない。一緒に来ますか。ただ雑念は入れないように」

加賀谷は、これら学生に何かあってはならないと気遣いつつも、一人で行くよりはと、不安が軽減されることの方を優先させようと、自身に言い聞かせた。

三名の両手が杖の上部にある装置にあてられた。装置自体ダイヤモンドの形態を大きくしたような正四面体であり、その外接球の直径は一五センチほどであったため、手が小さい菊地が直接装置を両手で覆い、その手の周りを北畠が、その周りを加賀谷が覆うようにした。

そして北畠らが用意してきたロープを、各々の腰のあたりに、それぞれ結んで離れ離れにならないように固定すると三名は同じように、時間逆行と唱えながら、場所は平泉、年代は一一七九年、日にちはこの洞穴に入った日時と同時期に到達するように念じた。

彼らは闇の中を漂っているかのような状態になり、いつしか眠りについた。どれほどの時間が経ったであろう。覚醒したとたん一瞬のうちに新たに洞穴が開くと同時にまぶしい光が差し込んでくるのを感じた。

北畠は加賀谷が制止するのも聞かず明るく輝く場所へと飛び出した。そこは広い道路になっており、道を行き交う人々でにぎわっていた。幅の広い道路の周囲には大きな屋敷を囲う白い塀や木目板の塀がいくつもあり、高貴な者が住まわっていることが一目でわかった。

「先生、すごいところに出ました」

その言葉に加賀谷がやってきて呆然と立ちすくんだ。

「またよりによってとんでもなく目立つところに到達したようだ」

菊地はというと、その様子に構うことなく、初めて見る平安時代の平泉の街並みに見入るばかりであった。

「ついに来たんですね！　ここ、本当に平泉ですか⁉　こんなにすごかったんですね」

菊地のこの言葉に、思い切って三人はその大通りを歩くことにした。

しばらく歩くと菊地が立ち止まって叫ぶように言った。

「あっ、あそこに神主みたいな恰好をしている人がいる！」

彼女が指さす方をみると、そこには数人の子供たちと戯れる初老の男性の姿があった。

その男は狩衣《かりぎぬ》を改良した小直衣《このうし》という、スポーツをするにも動きやすい装束を身にまとっていた。

子供たちとその男は笑いながら蹴鞠《けまり》を楽しんでいる様子で、一人の子が片方の足で鞠を受け、一度少し高くそれを上げたかと思うとまたその鞠を足で受け、今度は隣にいる子供に鞠を軽く蹴って渡すといったしぐさをする。またその鞠が初老の男に回って来た時、取り損ねて地面に尻もちをついた。子供たちはきゃあきゃあ笑いながら男の手を取り、ほかの子は起き上がらせようと、男の背中を一所懸命になって押し上げながら、真っ赤になった顔ではしゃいでいるようであった。

男は参った、参ったと言わんばかりに、地面から立ち上がると、キッとした目つきで加賀谷らの方をにらんだ。

「何か用か?」

「はい、決して怪しい者ではありません。人を探しております」

「人を……?　それは誰じゃな?」

「はい。驚かないでいただきたいのですが」

加賀谷がもじもじしていると菊地はなかに入って、

「藤原秀衡《ふじわらのひでひら》さんです」

「なに、秀衡殿に会いたいとな。なにゆえに会いたいのじゃ」

「どうしてもお会いしてお話ししたいことがあるのです」加賀谷はその男の目を真剣なまなざしで見つめた。

「いきなりそのようなことを言われてもなあ」男は困惑した様子であった。

「居場所だけでも教えていただきたいのです」加賀谷が懇願すると、その男は不愛想に答えた。「居場所など知らぬ。知っていても教えられぬわ」

「経宗《つねむね》様は秀衡様のいくつかあるお屋敷の何《いず》れかに住んでおられます」

傍にいた子供たちの中で最も年長であると思われる、一〇歳くらいの女の子が自慢げな顔をして言った。

「これこれ、そのようなことを言ってはならぬ」男は慌てて手と表情で静かにするように指示した。

「経宗様、私、この背の高いおじさんのこと知っています！」

そう言って彼女は加賀谷を指さした。

「ええっ、私のことを知っている？」加賀谷はたいそう驚いた。しかし、その女の子の顔をじっと見つめていると、彼は全身から血の気が引いてしまった。

「ひょっとしてあなたは『いね』さんですか？」加賀谷は自信なげに言った。

「はい。夢の中で見たおじさんは『かがや』と名乗っていました」

「……そんな馬鹿な」彼は心の中でそうつぶやいたものの、「そうです。私の名は加賀谷章之進です」あまりにも奇妙な体験に震えながら名乗った。

「どんな夢を見たのかな」経宗という、その男が女の子に尋ねた。

「はい。私のとし《年齢》が一九歳で、三歳くらいの息子がいて、かがやさんに助けてもらう夢です」

「ほっほっほ、これは面白い。一〇歳の人がしばらくして会うと一九歳になっていたというのであればともかく、一九歳の人が今度会ったら一〇歳になっていたというのか。夢とは面白いものよのう」経宗はそう言って、首を傾げつつも笑った。

「それにしても、初めてここで会ったというのに、お互いの名が知れているというのは、これもまた妙ちきりんなことじゃ。何かの縁かもしれぬ」

「経宗様、後生《ごしょう》ですから、どうか加賀谷様を秀衡様に会わせてください」

いねが懇願するので、経宗はその熱意にほだされ、とうとう根負けしてしまった。

「では私についてきなさい。ただすぐに会わせるわけにはいかぬ。良いな！」

そう、つっけんどんに言ったかと思うと経宗は、いねの方を向くと笑顔を見せ、他の子供たちを家まで送ってやるように伝えた。

大きな屋敷が立ち並ぶ街中を歩いていると、いつの間にか店が連なる道に出た。商店街である。大きな店や小さな店、そこには見たこともない品々が並べられ、大勢の人たちが商品を買い求めていた。この時代には貨幣というものがないのだが、というより、七世紀ごろから富本銭《ふほんせん》や和同開珎《わどうかいちん》などの貨幣が作られてはいたが、なかなか普及しなかったのである。そういう時代において、ここ平泉では、物々交換ではなく、何か袋に入ったものを店の人に手渡して品物を受け取っていた。加賀谷が経宗に訊くとそれは金《きん》であるという。陸奥《みちのく》の国は砂金など金が多く採れるので、それを交易などに使うのだと説明した。こうした光景を眺めながら時間は過ぎ、経宗の住む屋敷へ到着した。

経宗の屋敷は広く大きいが、時間の洞穴があった場所に建っていた屋敷とは異なり、塀で囲まれてはいなかった。門はあるが、そこをくぐると広い庭になっており、その奥に住居があった。とは言え、その門をくぐらなくても庭に入ることができ、外からその様子を見ようと思えば誰しも見ることができる、開放的な造りになっていた。

「ここの民は皆、おとなしくて礼儀正しい。京とはまったく違っておる」経宗はしみじみとした顔で言った。

「私は京の都の者でのう。藤原経宗《ふじわらのつねむね》という。……そうじゃ、外は冷えておる、そなたらのことは後で聞くことにしよう、中へ入るがよい」

そういって三人を屋敷の中へと招いた。すると男性と女性の従者が数名やってきて、加賀谷らを奥の座敷へと案内した。

広い二〇畳ぐらいの部屋に着くと、四角い形状の茵《しとね》に似てはいるが柔らかい、座布団のようなものが敷かれており、そこに三人はそれぞれ腰を下ろした。

「ああ、疲れた」菊地が両肘を上げながら首を左右に振る動作をすると、北畠も両腕を上げながらあくびをしだした。これには加賀谷も驚いた。

「誰もいないからといってリラックスしすぎです。やめなさい」

はっとして、ふたりはすました顔で静かに、柔らかい茵に座り直した。

「先生、あの女の子の話、不思議ですね」北畠がささやくように言った。

加賀谷は二年前にすずの横を通る道を挟んだ岩肌から出て来るまでの経緯を二人に話して聞かせた。二人は疑うこともなく聞いていた。

「ある種の予知能力とかデジャブというのはこれで説明できるのかもしれない。予知能力といっても、『いね』さんは大人になっても私と会うことはないけどね」加賀谷の言葉に、

「でもこうして経宗さんの家《うち》に来られたのも、いねちゃんのお陰ですね、先生」菊地はしみじみとした気持ちで言った。すると北畠が自慢げに、

「情けは人の為ならずっていうけど、人助けをしておくといいこともあるんだ」

「それは違う。情けは人の為ならず巡り巡って己《おの》が身の為と続くんだよ」つくづく感慨にふけりながら加賀谷は諭《さと》すように言った。

「そうなんだ」北畠は何気なく使っていた言葉の本来の意味を悟り、なんだか得をしたように感じた。

そうこうしているうちに経宗が三人のいる部屋にやって来た。

「これは待たせた」

経宗は、仕えの者に食事の支度を命じていたようで、しばらくして、べつの広間に加賀谷らをとおした。そして彼らに食事を振舞いながら、自らのことを話し出した。

「私はさきに言ったように藤原経宗《ふじわらのつねむね》という。京の都から数か月前に、ここ平泉に参った。そなたらはどこから参ったのじゃ?」

「横浜です!」菊地がはしゃぐように言った。

「横浜とな⁉ 陸奥《みちのく》にそのような地名があったような……」

「いえ! 出羽《いでは》から参りました」加賀谷は訂正するように答えた。

「出羽か、良いところじゃ。ただ、近いとはいえ山脈があるゆえ時間がかかったであろう」

「はい」加賀谷ら三名はかしこまった態度で同時に答えた。

「出羽では京に都を移すはるか昔から交易が盛んに行われておった。むかし在った国だが、渤海《ぼっかい》などから客が来たときに、もてなす館があってな。そうそう平城京に都があったときに築城された秋田城じゃ。そのなかでも私が気に入っておるのは樋箱《ひばこ》での」

「ひばこってなんですか?」北畠が尋ねると、菊地は便器のことだと説明した。

食べることや出すことは自然の摂理だからと、加賀谷らは気にすることなく聞き入った。

「さよう。京の庶民は外で用を足すのだが、建物が古くなって空地のようになったところや路地に入っては、高い下駄をはき、しゃがむようだ。ただ前につんのめるので籌木《ちゅうぎ》をつっかえ棒にするのだがな。笑うでないぞ、尻を拭くときは、その籌木で掻《か》き落すのじゃ」

「ええっ⁉」北畠は驚いたようであった。

「ところが、出羽では、用が済むと瓶《かめ》に入った水を柄杓《ひしゃく》ですくって流すのじゃ」

「すごい、それって水洗式じゃないですか」今度は菊地が感心したように言った。

経宗は思いに沈む様子で続けた。

「京の庶民は気の毒でな。狭くて汚い小屋のような家に住んでおる。しかも、盗賊がはびこり、公家などの屋敷を狙うだけでなく、庶民も被害を受けているのじゃ。それに引き換えここは……うらやましい限りでのう」

経宗は涙ぐんでいたかと思うと、突然、右手の甲をそらして左端の口元に添えるとひょうきんな顔をして小声で言った。

「気の毒だとは言っても、禁止したとて、大通りに露店を出す不届き者が絶えぬ」

「そうなんですね」菊地が同情していると、加賀谷が問うた。

「ところで経宗さんは、どういったお仕事をなさっているのですか」

「えっへん。左大臣をしておった」

「左大臣だから右大臣の下ですか？」北畠がそう言うと菊地があきれたように言った。

「なに言ってんの。天皇が南を向いて東側、つまり左側だから右大臣より上だよ」

「へえ、すごい人なんだ！」

「ほっほっほ。ところで、そなたらはどのような仕事をしておる？」

「私は大学の教員でして、法学を教えております」

「大学だと！　私も東宮傅《とうぐうのふ》にあって教育をしたことがある」

「東宮⁈　あっ、皇太子の教育ですか」加賀谷は言った。

「私は大学でフランス文学の勉強をしています」

大学で学んでいるフランスという国のことなど知るはずもないと思いながら菊地は恐る恐る口に出した。

「フランス⁉　おおこれは奇遇じゃ。この屋敷にはフランス人が同居しておる。あとで紹介しよう」

「この時代にフランス人ですか！」菊地は非常に驚いたようで、思わず手に持っていた器から、蒸した米である強飯《こわいい》をバラっとこぼしてしまうありさま。その慌てふためいた様子に笑いをこらえられず大笑いする北畠であったが、それをたしなめられるように経宗に睨みつけられた北畠は、はっとして背筋を伸ばした。

「あっはい、僕は、大学の学生で、法律を勉強しています」

「律令《りつりょう》を学ぶがよい」

「律令⁉　そんなのありませんけど」

「ない？　それはどういうことじゃ」

「律令という言い方はしませんが、それに該当する法律はあります。じつは、……その、私たちは未来からまいりました」それまで胡坐《あぐら》をかいていた加賀谷は、突然正座して襟を正すように言った。

「未来？」

「はい、いまから八四〇年ほど先です」

「うはっはっは……。とんでもない戯言《ざれごと》を！」

「戯言ではありません！」加賀谷は声を荒立ててしまった。

「大学の、しかも法律の教育にたずさわる者が何たることだ！」経宗はかなり憤慨したようであった。

「……」加賀谷は何も言えなくなってもじもじしていると、少し落ち着きを取り戻したのか、経宗は穏やかな口調で言った。

「何か証拠になるものがあるのか」

「証拠になるかどうかは、はっきり申せませんが、ここに出羽の名産である、諸越《もろこし》を持参しました。これはいまから五〇〇年ほど後に出羽で作られる菓子でございます」

加賀谷はおもむろにリュックの傍に置いてあった袋から、もろこしが入った箱を取り出した。

「ほう、これは珍しい。見たところ唐菓子《からくだもの》とは違うようじゃな。ふーむ」

「これは小豆の粉で作られております」

「索餅《さくべい》や団喜《だんき》という唐菓子ならよく食したものだが、小豆は入っていなかったように思うぞよ……」

そういって経宗は、加賀谷が差し出した菓子箱から一つもろこしを取り出して口に入れると、ぽきっという音がした。

「ほお、これはうまいのお」そういって二つ、三つと、もろこしを頬張《ほおば》ると、

「かといって、これだけでは証拠にはならぬぞ。ほかになにかあるか？」

「はい」そういって今度は電池式のランタンを取り出した。

「これをご覧ください」そういって、スイッチを入れたとたん、まわりは明るく照らされ、そばにいた仕人《つかえびと》が感嘆の声をあげた。加賀谷らも普段ＬＥＤの照明には慣れていたものの、電池式のランタンが、ひときわまぶしく感じられるのと同時に、これほどまでも美しいものかと、あらためて心底感じ入るのであった。

「わかった、とりあえず信じよう。とはいえ、それはフランスやローマの物かも知れぬしのう」

「あっ、はい」

そう言って、加賀谷らが到着した日を経宗に訊くと、治承四年（一一八〇年）三月であるという。彼が希望していた時とは一年ほどの狂いはあったが、そのことで経宗と知り合うことができたのは、かえって目的を達成するには都合がよいと考えた。

「ところでそなたらは何の目的で平泉にやって来たのじゃ」

「平泉のこの街を後世に、このまま残したいからです」

「平泉はそなたらの時代には存在しないのか？」

「一部が遺跡として残るのみです」

「なにゆえに？」

「ある者がこの街を滅ぼすからです」

「ある者？」経宗は表情を曇らせた。

すると加賀谷はリュックの中をのぞいて、中から数冊の書物と数十枚の文章が印刷されたコピー用紙の束を取り出して、そのうちの一冊の書物を経宗に手渡した。

「義経記《ぎけいき》という書物です。いまから百数十年後に書かれたものだと言われています。読み物ですから脚色が為されており、真実ではない箇所も多くあるとは思うのですが、ここにその大まかな事柄が書かれています」

「ここに書かれているのは源義経の話か‼」

「源頼朝の手によって平泉は滅亡します！」

「まことか？　ということは、義経にも会いたいのか？」

「できればそのように」

「わかった。今日はもう遅い。また明日、話を聞かせてもらおうぞ」

「すみません。一つ質問させてください」菊地が真顔で言った。

「なんじゃ」

「あのう、お公家さんは、自分のことを『まろ』と言ったり、ほかに『おじゃる』という言葉を使うのですか？」

「はっはっは、まろは庶民でも使う言葉である。おじゃるなどとは言わぬがな」

「ありがとうございました。明日よろしくお願いします」菊地がそう言うと他の二人も同じように経宗にあいさつした。

それぞれ寝室にあたる部屋に案内された加賀谷らであったが、興奮のあまり、眠りにつくことができず、北畠と菊地は、加賀谷の部屋に居た。

「なになにでおじゃる、というのは、鎌倉時代か室町時代の京の庶民が使っていた言葉らしい。『まろ』の方は、平安時代の京では、庶民も使っていた言葉だしね」加賀谷の説明に、

「結局、面白おかしくするために小説とかテレビとかで、お公家さんの言葉として使ったんでしょうか」

菊地らは夜が更けるのも忘れて話に夢中になったが、加賀谷に諭されてそれぞれの部屋に戻り、いつの間にか眠りについてしまった。

鳥の鳴き声

翌朝、加賀谷らは、小鳥のさえずりならぬ、大型の鳥たちの鳴き声に目を覚ました。

ケーンケーン、クアクア、ウェッウェッ、ぴよろんぴよろん……。

気疲れもあって三人とも床から起き上がるのが大儀ではあったが、キジや白鳥、鴨に雁と大きな鳴き声に、寝床に横たわり続けることは、もはや耐え難いほどであった。

眠い目をこすりながら、やっとのことで着替えた彼らは、仕人《つかえびと》に頼んで顔を洗うための場所へ案内してもらった。長い廊下を通る途中、仕人の女性に加賀谷は、早朝から鳴く鳥の種類を尋ねた。その女性は、口を手で覆いながら吹き出しそうな顔をして、それは経宗が飼っている鳥の鳴き声であると教えてくれた。あとは経宗に聞いてくれといって、顔を洗う水桶がある場所まで案内すると、そのままどこへやら行ってしまった。加賀谷らは、蹴鞠をして子供たちと遊んでいた経宗は数羽の鳥を飼う心優しい人物だとつくづく感心しながら、思ったほど冷たくない水の入った器に手を入れるなどして、にこやかな気分に浸るのであった。

彼らの部屋からさほど離れていない場所に朝食が用意されていた。と、その方へ近づく白人と思しきひとりの男性の姿がみえた。白人といっても彼らのイメージからすると背はさほど高くなく一七五センチくらいであった。その男は彼らが食事をしている部屋の前に差し掛かると立ったままではあったが会釈をした後、流暢な言葉で話しかけてくれたので、彼らははっきりとその内容が聞き取れた。そればかりではない、そのやさしい声に何とも言えぬ優美さといったものが感じ取れた。

八の宮ジェルマンと名乗るそのフランス人に、未来から来たということは伏して、それぞれ名を名乗るなどした。

「なぜ、八の宮とおっしゃるのですか？」加賀谷が質問すると、八の宮は、源氏物語が好きで、そこに登場する、光源氏の腹違いの弟である八の宮に共感したからだと説明した。

ひととおりの話が終わると八の宮は自分の部屋へ戻ろうとした。と、そのとき八の宮が身に着けている衣服から、やわらかい革製の小さな袋が落ちた。菊地がそれに気づき男に声をかけると袋を拾い、もう落とさないように注意してといった表情で、彼の手に渡した。何か硬い宝飾品が入っているように感じた。袋を手渡すときに八文字のアルファベットが見えたが、彼女は何も訊くことなく、その場は終わった。

朝食が済んだころに経宗が彼らの部屋にやって来た。

「昨夜はよく眠れたかな」

加賀谷が、早朝から数種類の鳥が、それも大型の鳥が鳴いていたので寝不足であると伝えた。すると、経宗は、気の毒なことをしたと謝るとともに思いもよらぬことを言った。

「あの鳥の声は、私が飼っているカラスの声じゃ。数種の鳥の声を一羽でまねておってな」いかにも、いとおしいという顔をした。

「ええっ！」菊地は驚きのあまり、おかしな声を発してしまった。

経宗が言うには、平泉にやって来た数か月ほど前に、早朝から鵠《くぐい》（白鳥）の声や雁の声などをまねるカラスがいたので気になっていたところ、ある日、その鳥がけがをして弱っていたのを手当てしたのが縁で懐くようになり世話をしだしたというのであった。あまりの可愛さに自分の子と同じように可愛がっているのだともいう。

そのとき加賀谷はふと気になるなにかが頭をよぎった。

「そうだ、カラスは『ぴよろんぴよろん』とも鳴いていた」その鳴き声はまぎれもなく加賀谷の母が大切にしている家族の一員である、動物の形をしたロボットの声に似ていたからである。一瞬そう思ったものの、『ぴよろんぴよろん』と鳴く鳥の正体が何であるのかは、いずれにせよいまここではどうでもよいことであった。そこですぐに彼は気を取り直して単なる偶然であろうとひとり笑みを浮かべると、その様子に気づいたのか経宗は彼の顔色を窺うような表情をして尋ねた。

「カラスの名は、雄だか雌だか分からぬが、からすの『か』を採って、かん姫と呼んでおる。かんは、冠《かんむり》と書いてな。そなたらの時代では姫を何と呼ぶのじゃ？」

「『かんちゃん』がいいと思います。それだったら男でも女でも使えます」張りきった声で菊地が答えた。

「『ちゃん』⁉　それは良い。冠ちゃんか！　可愛らしい呼び方じゃ」

経宗がそういうと北畠は、菊地の提案に向きになって反対しだした。

「『かんちゃん』なんて単純すぎるよ！　僕たちの時代なら商標登録も受けられないじゃないか」

「自動車の名称だったらどうなのよ」菊地らの会話に、

「しょうひょう、とうろく。それは庶民の名か？」経宗はきょとんとした顔で尋ねた。

「いえいえ、僕たちの世界には商標というのがあって、商標に権利が生じれば、商品や役務《えきむ》の名称を他者に使えないようにする制度があるんです」

「ほお、それは面白い」

「まあまあ、カラスのかんちゃんの名前は、またいずれ考えることにしよう」加賀谷が間に入ると、北畠は一層、真剣な態度になった。

「じゃあ、いつ名前を付けるんですか？　映画やテレビなら視聴者に公募ってできるでしょうけど」

まあまあと今度は経宗が二人の対話を断ち切るように中へ入り、カラスの話題になった。

カラスは頭が良い鳥で、古《いにしえ》より貴ばれているという。

たとえば、いまから六〇〇年ほど昔に暗殺された崇峻《すしゅん》天皇の第三皇子であった蜂子皇《はちのこのおう》子《じ》が、聖徳太子の助言で難を逃れて、出羽の国に逃げたときに、八咫烏《やたがらす》という聖なる大きなカラスの導きで羽黒山、湯殿山、月山の出羽三山を開いたのだと説明した。

また、聖徳太子の正確な呼び名は定かではないが、実在した人物であり、平安時代にはこの名でよばれるのが一般的であったとも話してくれた。

「義経も人に化けた八咫烏の案内で鞍馬から平泉にやって来たのだと考えておる」

「へえ、すごい話ですね。でもどうして義経さんは秀衡さんに会えたのですか？」菊地は経宗の言葉に機転を利かせた。

「じつはな、義経の母は常盤《ときわ》というのだが、父の義朝《よしとも》亡き後、大蔵卿《おおくらのかみ》を務めた一条長成《いちじょうながなり》という男と再縁してのう。ところが一条という男は、なんとしたことか秀衡殿の舅《しゅうと》である藤原基成《ふじわらのもとなり》の親戚なのじゃ。常盤は夫の一条に頼み、秀衡に義経の面倒を見てもらうように取り計らってもらったという経緯がある」

「そうだったんですか」菊地がそう言うと、加賀谷はなにか思い出したような表情で言った。

「ところで『いね』さんはいまどうしていますか？」

「『いね』は、いまごろ八の宮殿と蹴鞠をしているはずだが、どうかしたか」

「私と出会ったときの夢の話をもっと詳しく聞かせてほしいと思ったものですから」

「そうか、わかった。ではしばらくしてここへ呼ぶとしよう」

「ありがとうございます」

謎の男

夕暮れ近くになって八の宮は、いねを連れて、楽しそうに話をしながら、経宗の屋敷に戻って来た。

いねは仕人《つかえびと》に手を引かれ奥の少し広い部屋にとおされた。いまでいう座布団にあたる、柔らかな茵《しとね》に両膝をついて小さな体をそこに乗せながら、きょとんとしたようにも、すましたようにもみえる顔で座っている姿は、いかにもあどけなく感じられた。

経宗は平泉で作られる珍しい菓子を山のように積んだ器を両手に持ち抱えるようにして、加賀谷らとともに中に入って来た。そこには八の宮の姿もあった。

経宗の声に他の者もみな、茵に座した。すると彼は加賀谷に向かって、いねに何を問いたいのかと尋ねた。加賀谷は子供の心に苦痛が生じないかといいねを気遣ったが、優しく語り掛けるように心掛けるならば良いだろうと考えた。

「いねさん。昨日はどうもありがとう。お陰様で経宗さんとお話ができたし、こうしてここに泊めていただいています」

「良かったですね」いねはニコッとして答えた。

「いねさんが見た夢について聞きたいんだけどいいですか？」

「ああ、あの夢ですか」彼の予想に反して、いねは気に掛ける様子もなく、かえってそれを聞かれることが楽しいといった面持ちであった。

「いねさんと私が出会った場所は平泉のどこでしたか」

「場所はよくわからないけど、大きな屋敷がいっぱいあったところでした」

「建物はどうなっていましたか」恐る恐る問うた。

「火がつけられて焼けていました。すごく燃えていたのを、かがやが暗い場所に入れてくれて。……そこから出ると下火になっていました」

「誰が火をつけたのですか」

「鎌倉から来た人たちです」そう答えると経宗がこれぐらいにして菓子でも食べるようにと、いねらに勧めた。するといねはさっそく器から菓子を二個ほど手に取って頬張った。

「正夢にならねば良いが」経宗はその様子を見ながら真顔でつぶやくように言った。

「戦もなにもない平安な場所は、この平泉にしかない。京の都はここと比べるまでもなく住みづらいところじゃ。それゆえ後白河様が私をここへつかわせ、報告するように命じられた」

「そうだったのですか。平泉ははじめて来られたのでしょう」加賀谷が尋ねた。

「いや二〇年ほど前にも来たことがある」

「えっ⁉」加賀谷は非常に驚いた。

「ここはまほろばである‼」心底そう思う経宗の気持ちは周りの者にもよく理解できた。

たしかに平泉は、鎌倉や伊豆といった東国と異なり、非常に栄えた都市であるといえる。その規模や技術力の一部はじつに京をしのぐほどであった。げんに、後白河法皇が制作に関わったとされる、信貴山縁起《しぎさんえんぎ》（第三巻、尼公《あまぎみ》の巻）によれば、東大寺の盧舎那仏《るしゃなぶつ》（奈良の大仏）は、平泉の金色堂と同じように、金色に輝いていたとあり、この黄金はいまの宮城県から産出したものであるという。しかも黄金を水銀で溶かしそれを仏像に鍍金《ときん》するという、現代の歯科医も使用していた時期がある、アマルガムという手法であった。もちろん陸奥の技術者ないし職人は水銀の毒性を知っていたので、中毒が生じないようにとの配慮からであろう、鍍金には五年を要したと言われている。

さらに、奈良時代に藤原不比等《ふじわらのふひと》らが撰修した養老律令《ようろうりつりょう》、その施行細則を網羅した法典である延喜式には、平泉がある陸奥《みちのく》は大和国《やまとのくに》などと共に最も上位にある大国《たいこく》であり、出羽国《いではのくに》は、平安京が置かれた山城国《やましろのくに》と同格の上国《じょうこく》として重んじられていたのである。

「理想郷のことですね」菊地が相槌を打つと、どこからかささやく声が聞こえた。

【トマスモール】

「えっ、八の宮さん、いまトマスモアと言わなかった？」そう言って菊地が八の宮の方を向くと、八の宮は取り澄ました顔で答えた。

「いいえ、私はそのようなことは言っておりません」

「そうよね、知ってるはずがないわ。トマスモアは一六世紀の人道主義者であり法律家だもの……」

菊地は自分に言い聞かせるようにささやいた。その後も話題は尽きることなく話が弾んだが、いねも帰らねばならない時刻になり、八の宮が彼女を送ることになった。

その夜、みな床に就き加賀谷は今日のことを思い浮かべながらうとうとしていると、「先生、先生」と彼の部屋に入るなり菊地が小声で話しかけて来るではないか。加賀谷は、学生の身に何かあっては一大事と、ひどく驚いたようすで、床から飛び起きた。

「どうしました?!　何かあったのですか？」声が大きかったのか彼女は、「しい～」といって右手の人差し指を自身の唇に当てた。

「八の宮さんのことなんですけど」

その言葉に加賀谷はひとまず安心したように、

「八の宮さんがどうかしましたか」

「八の宮さんって、おかしくないですか？」

「どうして」

「今朝、彼が落とした革製の袋なんですけど、その袋にはＭＥＬＬＥＲＩＯという文字が入っていたんです。メレリオと読むんだと思うんです。これは、フランスのもっとも古い宝飾店ですけど、あのマリー・アントワネットが好んだという宝飾品を扱ったといわれています。でもこの時代にはなかったお店なんです」彼女はかなり興奮しているようであった。「しかもそれだけじゃないんです、はじめて八の宮さんを見たとき、その服装がどう見ても一八世紀のものだと感じました。私、フランス文学を勉強しているので、そこに出てくる登場人物の服装にも興味があるものですから。それからもうひとつ、いねちゃんと話していた時、間違いなく『トマスモア』と彼は言ったんです。あの理想郷、ユートピアの作者の」

「そうだな、そういわれればおかしいな。必ずしもトマスモアの書いたユートピアが理想郷であるとは言えないけどね。んん……メレリオか。カルティエ（Cartier）なら知ってるけどな」

「でね、先生。八の宮の名前なんですけど、私、源氏物語は詳しくないのですが、八の宮って光源氏の弟で出家せずに俗聖《ぞくひじり》といわれた人じゃないですか、たしか」

「それがなにか……」加賀谷には理解できないようであった。

「フランス語で聖は、サン（Saint）。もうわかったでしょ！　サンジェルマンですよ、間違いなく」

「サンジェルマンって、パリにある地区の」

「先生はサンジェルマン伯爵を知らないのですか。まったく」あきれ返ったと言わんばかりの口調であった。

「ん、あっ、まさか！　大昔の偉人とも友達だという、訳の分からない人物」

「そうです」

「そんなばかな。サンジェルマン伯爵は架空の人物ではないのですか。もし実在していたとしても、平安時代に姿を現すなんて考えられない！」加賀谷は信じられないといった様子であった。

「でも先生、私たちだってこうして平安時代に来てるじゃないですか」

「ん！　まあ、そう言われればそうだなあ」菊地の言葉に、参ったと言わんばかりの表情をしたかと思うと、彼は思い出したように言った。

「わかった。……北畠君を起こしてはいけないから、とりあえず、もう寝ることにしよう」

「先生、僕、話をさっきから聞いてます。トマスモアといったかどうかはわかりませんが、菊地さんの言うことが正しければ、これはえらいことですよ」隣の部屋で寝ていたはずの北畠が加賀谷の部屋へ入るなり冗談めかして言った。

「偉い人は夜遅くまで起きていてはいけない。私は別格だけど、ははは。まず、寝ましょう」加賀谷は彼らを疲れさせてはいけないとの思いから、取り敢えず寝床に就くように指示した。感情が昂《たかぶ》っていたようであったが、しぶしぶと彼らはそれぞれの部屋へと戻っていった。

加賀谷も菊地の言葉に、八の宮の服装や言動をいま一度思い浮かべながら、いつしか眠りについていた。

秀衡に会う

平泉にやってきて三日後の朝がきた。

ようやく秀衡と会うことになる加賀谷らであったが、この時点では、そのことを知る由もなかった。

経宗のはたらきで、加賀谷が彼に手渡したその文《ふみ》と書物、そして「吾妻鏡」などのコピーを読んだ秀衡は思い当たるところがあり、どうしても未来人《みらいびと》に会って話を聞きたいという強い気持ちに駆られたようであった。

ところで、またしても早朝から冠ちゃんと名付けられたカラスに起こされた加賀谷らは、否応なしに、早くに朝食をとり終えざるを得なかった。

「冠ちゃんには困ったものだ」もともと夜型で朝に弱い加賀谷は寝ぼけ顔でぼやいた。

そもそも彼が大学の教員になろうと思ったのも、薄外聞《うすがいぶん》の悪い話ではあるが、会社員のように毎朝決まった時間に起きてラッシュアワーのなかを人にもまれ、くたびれて出勤するのは性に合わなかったからである。

それがカラスの声で毎早朝、起こされるとなると、これからだんだんとストレスが蓄積されるのではないかと危惧するのではあったが、かといって、一羽のカラスが何種類もの鳥の声をまねるのを聞くことができるのは、ある種の楽しみともなるといった相反する感情というか情緒というものを感じていたのも事実であった。

そのとき経宗が彼らの部屋に入って来た。

「今から支度をされよ。秀衡殿の屋敷へ参るぞ」

まさかこれほど早く秀衡に会えるとは思っていなかった加賀谷は、心づもりができておらず慌てふためいた。さて、何から話を進めるべきか、そう迷っている様子が経宗に悟られたようで、経宗は、自らも付き添うことと、何も気にすることなく思うがままに秀衡にその胸の内を伝えるよう助言した。それに安堵したのか加賀谷は気を取り直して、菊地や北畠に留守を頼んで経宗の屋敷をあとにしようとした。

ところが経宗が言うには、菊地らも同伴するように指示されたという。そこで三名が屋敷の外に出ると、秀衡の使いの者が十数名待ち受けていた。しかも立ち並ぶ彼らの中に牛車《ぎっしゃ》ならぬ馬車が数台みえた。

加賀谷らはそれぞれ別の馬車に乗ると目隠しをされ、秀衡の屋敷に向かうことになった。

馬車に揺られて数十分ほど時間が経った。屋敷に着いたのか、一行の乗った馬車が停車したかと思うと目隠しが取られ、馬車から出るように、それぞれの仕人《つかえびと》に命ぜられた。

停車する少し前から車がごろごろするのを感じていた加賀谷は、馬車を降りるなり、足元を眺めた。すると何ということか、地面はアスファルトで固められていたではないか。彼は非常に驚いた。なぜならこの時代にアスファルトが利用されていたとは思ってもいなかったからである。

ここで質問したところで無駄に時間を費やすだけだと考えた加賀谷は、一際《ひときわ》大きな屋敷の中へと誘導されるとおり従うことにした。

彼ら三名がしばらく奥に進むと大きな広間があった。とは言っても、そこは畳ではなく板の間であり、まるで西洋の居間にいるようにも思えた。

彼らは小さな椅子のようなものにそれぞれ腰かけるように指示され、言われるがままに従った。

まもなく男が三名ほどの武士らしき者を従えて広間に入って来た。

その男の年は六〇歳前後であり、背丈は一七〇センチメートルといったところであろうか。いかにも凛々《りり》しい顔つきである。しかも驚いたことに服装が経宗らとは明らかに違っており、一九〇〇年代の服装に近いようにも思えた。この地にはアイヌや、インドを含むアジア諸国だけでなくヨーロッパの文化も入ってくるのだろうと、自ら納得するように加賀谷は感慨にふけっていた。このことは加賀谷のみならず他の二人も同様の思いであった。

「そなたらが未来から来た人たちか?」

秀衡は早速広間の上座にある椅子に座して尋ねた。

「はい、そう、あっ、さようです」加賀谷が恐る恐る答えると、それを察したのか秀衡は、緊張せずに友に語るように話せと促した。

「経宗殿からそなたらの話は聞いておる。いまから八〇〇年ほどあとの時代から参ったそうだな」不思議と秀衡は疑うようなそぶりも見せず、冷静な態度で臨んだ。

「じつはな。私も憂いておるのだ」そう言って秀衡は、義経の兄である頼朝の動きに脅威を抱いていることを切々と語りだした。しかも、平家とは古くから交易でつながりがあり、平清盛とも親睦を図っていること、そして後白河法皇とは、経宗をとおしてではあるが、親交を重ねていることなど延々と話を進めるのであった。

あまりにも興味深い話とはいえ、緊張のあまりごくっと、のどが鳴ってしまうほどである。とはいえ、その緊張のお陰で尻や腰が痛くなることもなく彼らは、秀衡の話に耳を傾けることができたともいえる。

加賀谷には、秀衡が平家一門とも親交があることから、源氏の流れをくむ義経を平泉に招いていること自体、非常に大きな危険を伴っていることが痛いほど感じ取れた。にもかかわらず秀衡は義経をわが子のように愛し、また義経も父同然に秀衡を慕っていることも、彼の話から伝わってくるのであった。加賀谷はその時に思った。釈迦の言葉である。たとえ血がつながってはいても縁がなければ真の親子とは言えない、という。心のつながりが最も大切なのだと思うと、閉じた瞼から一筋の涙が頰に伝わっていくのを感じた。

秀衡はそれに気づいたのか一時、話を休め加賀谷をみつめていた。

「秀衡様はなにゆえに平泉が滅びると感じられたのですか。やはり頼朝の動きからでしょうか」加賀谷は、秀衡の高貴な外見に相応しい優雅な物腰に圧倒されたのか、いつしか秀衡様と敬称しながら尋ねると、秀衡は静かに首を垂れた。それが、そのとおりという意味なのかどうかは彼には、はっきりと理解することはできなかったが、それを確認するのも失礼に当たると思い、そのまま何も言わずにその姿に見入っていた。すると、

「そなたらの時代には予言者というのはおらぬのか」秀衡は唐突に尋ねた。

「超能力者といって、通常の人にはない能力を持っている人物はいると聞いております」

「そうか。ならば話はたやすい。わが方にも将来を占う者が何人かおる。そのなかでも

非常によく見通す者がおってな。その者の話では、そなたらが言うのと同じ将来がこの都に起こるという」

そう言って一人の従者に耳打ちをすると、その男は、はっ、という声と共に広間を出て奥の方へと立ち去ってしまった。

しばらくして三〇代くらいの髪の長い巫女のような恰好をした女性が先ほどの従者に手を取られるようにして入って来た。よく見ると色白の彫の深い整った顔立ちの女性であった。

「おばば、この者たちに、この平泉の将来について聞かせてくれぬか」

「おばば⁉　まだ若いのに」と加賀谷は心の中で思ったが、菊地や北畠はまったく気にしている様子はなかった。

おばばと呼ばれるその女が延々と語り始めると、秀衡はじめ周りの従者らは悲し気に、うなだれていた。

つぎに女は勾玉《まがたま》のようなものを、手に持っていた袋から取り出し、菊地から順にそれを額にあて、何やら呪文のような言葉を唱えだした。その節回しがまるでキリスト教会での修道士の歌に似て心地よいものであったため、菊地ら三名は妖精の世界にいざなわれたかのような安らいだ面持ちであった。

すると女は最後に、えーいっと声を上げたかと思うと、「これはなんとしたことじゃあ」と落胆の声に変わってしまった。

「どうかしたか?」秀衡は驚いたような顔をして尋ねた。

「いまこの者たちの前世《ぜんせ》を見たのですが、彼らの前世のなかには、まだ生まれ出《い》でない者たちがみえたのです」

「前世にまだ生まれていないとは、どういうことか?」秀衡はわざとらしい表情でさらに尋ねた。

「言うまでもなく、前世は生まれ変わる前の世をいうのでございますが、この者たちの前世には、これから生まれ出でる者がおる。さらにいま、この平泉の街に前世の姿を有する者が別におります。恐ろしいことじゃ!!　本来居るはずのない前世の者が今世《こんぜ》にある。いや、それともこの者たちは未だ……!!」

そういって女は、加賀谷一人を指さした。

「ええっ!　私なのですか?　私の前生《ぜんしょう》のことなのですか?」加賀谷は心を取り乱したかのように叫んだ。

「それは言えぬ。なんとしたことか、このようなことは初めてじゃ。おれの霊力も衰えたようだのう」女は気落ちした様子であった。

「おばばよ、心配するでない。そなたの見立ては誠に見事であるぞ。この者たちは未来から来た者ゆえ、誤りはない。衰えてはおらぬ」秀衡の気遣う言葉に女は安堵したようで、そのことを確信すると彼は女に戻るように命じた。

「じつは加賀谷殿、まだ、そなたがいう平泉の将来については、義経に伝えておらぬ。義経は兄頼朝に会いたいという一念で、しばらくしてここを出ていくのであろうが、なんとしてでもこれを諦めさせねばならぬ」秀衡はどのように説得すべきかと思いあぐねているようであった。

「でしたら、私が持参した義経記や吾妻鏡を義経様にもお読みいただきたく存じます」

その言葉に秀衡は、加賀谷のいうとおりにしようと約して従者と共に部屋を出て行った。

すると、先ほどから無言で話を聞いていた経宗は、自分の屋敷に戻るように指図して立ち上がった。加賀谷らは少しほっとしたのか、膝に力が入らず、がくがくするばかりでなかなか立てずにいると、そこに一羽のカラスが入って来た。あ〜あ〜と泣き叫んだかと思うと、鶯の鳴き声をまねしだしたものだから、傍にいた仕人らも和やかな雰囲気に浸った。

「この子が冠ちゃんですか?」菊地の声に経宗は顔をほころばせていた。鳴き声しか知らなかった菊地らにとって、これが物まねガラスとの初対面となった。

「さよう、このカラスが冠ちゃんである。めんこい、愛しいわが子じゃ」

経宗は、そう言ってカラスと共に馬車に乗り込むと、彼ら五名はそれぞれ馬車に揺られて屋敷へと戻っていった。

経宗の屋敷

経宗の屋敷に到着すると、彼らは目隠しを取り、屋敷の中へと入っていった。

あとから経宗は片方の肩にカラスを乗せながらやって来た。

『つね、つね』カラスがそう鳴くと経宗は諭していった。

「これこれ、つねではないぞ。経宗じゃ！　つ・ね・む・ね。わかった？」

加賀谷らは、ほのぼのとした温かい光景に、経宗に対して熱い思いを抱くのであった。それは彼に対する深い信頼感ともいえるものでもあった。

「つねでいいんじゃないですか」菊地がそう言うと、経宗は不満げな顔でポツンと言った。

「つね?!　ふ〜む」

「じゃあ、私たちは、経宗さんのことを、ちゃんをつけて、経《つね》ちゃんて呼んでもいいですか？」

「経ちゃん、おおっそれは良い」

彼らの会話に調子づいたのか、北畠はまたカラスの名前について提案しだした。

「かんちゃんの名前は単純なので、カラスは『かーこ』で、かこちゃんってのはどう」

「どっかで聞いたことがある名前だね。やっぱり、かんちゃんでいいんじゃないの！」

加賀谷がそう言ったところで、話題が変わり、経宗が二〇年ほど前に、ここ平泉に来ることになった経緯について聞くことになった。

「そなたらは後白河天皇を存じておるか？」

「はい。有名な帝です」

「いまは後白河法皇におなりであるが、お若いころからいろいろなことに興味を抱かれておられた」

経宗は過去のある体験を心の奥からゆっくりと絞り出すような面持ちで語り始めた。

「あれは私が四〇歳のころだった。信西《しんぜい》という男がおって、その者の妻が、雅仁親王《まさひとしんのう》いまの後白河法皇のことだが、その乳母であったこともあって、のちに後白河様が崇徳上皇と対立したときに信西は、源義朝や平清盛らの手を借りて後白河様を勝利に導いたのじゃ」

「それって保元の乱のことでしょう」菊地が知ってる知ってると云わんばかりの自慢げな顔をしたので加賀谷は、それを制止させようと、自分の口に両方の人差し指をばつの形に当ててにらみつけた。すると彼女は、右の手のひらを額に垂直にあててると、前に顔を押し下げて謝罪した。

「おっほん、続きを話すぞ」経宗は加賀谷らのその様子をほほえましく思ったのか、顔をほころばせながらさらに話をつづけた。

「そういうこともあって、信西は好き勝手な振る舞いをするようになって、朝廷の者たちの多くが彼に反感を抱くようになってしまった。私もその一人でな。あとで話す藤《ふじ》原惟方《わらのこれかた》もそうだが。そのようなこともあって後白河様の寵《ちょう》をほしいままにしていた藤《ふじ》原信頼《わらののぶより》が、源義朝と組んで信西を殺害したわけだ。義朝はそなたらも知っておる義経の父親じゃ」

「そうか。経ちゃんは、はじめは信頼さんと義朝さんに付いてたけど、信西が亡くなったら平清盛に付いた人なんですね」菊地がそう言うと経宗は少しむっとした顔をしたが、すぐさま気を取り直して答えた。

「いや、それは違う。私は二条天皇を護らねばならなかったのじゃ」

「それはどうしてですか？」菊地が尋ねると、

「二条天皇は私の姉上の子でのう。つまり姉上の忘れ形見なのじゃ。私の命にかけても護らねばならなかった」

「えっ⁉　二条天皇は後白河上皇のご子息ですよね。ということは経ちゃんのお姉さんは後白河上皇の奥さんだったわけですか？」

「そのとおり。いまの後白河法皇が雅仁親王であったときだがな」

「だから経ちゃんは、信頼に幽閉されていた二条天皇を女装させて清盛のいる六波羅邸に連れてったって訳ですね」彼女の言葉に、

「菊地とやら、よく知っておるのう。そなたらの歴史書にはそう書いておるのか？」

「まあ、はい」

「女装はさせておらぬ。おらぬが、女がよく使う唐衣《からぎぬ》を羽織らせたのじゃ。そうすれば門番らも言い訳ができるであろう。出て行ったのは女だと。そう思ってな。しかもそれとはべつに、京の都でしか通用しない宋の銅銭と米少々に絹を与えたら門番らはみな黙認してくれてのう」

「そうだったのですか」

菊地がそういうと、二人の会話に入り込んで加賀谷が質問した。

「ところで後白河天皇、違った、当時、上皇はどうなったのですか」

「後白河様は幽閉されておったが、さすが自力で仁和寺《にんなじ》へ避難なされた。なにせ私のいとこでもあるからのう」

「へえ、いとこ⁉」北畠と菊地が口をそろえて叫んだ。彼らの大きな口と大きく見開い

た眼は猿や燕のひなにでも似ているようにみえたのか、経宗はおなかを抱えて笑い出した。

が、しばらくして経宗は真顔になって続けた。

二条天皇を幽閉した藤原信頼と源義朝の手から脱出させて平清盛が居る六波羅へかくまわせたのは、信頼や義朝に対する裏切りではなく、経宗の姉の忘れ形見である二条天皇をただただ一心に護り抜きたかったからに過ぎなかったことを切々と語った。結果、後白河上皇は信頼していた信西や藤原信頼がいなくなったことで院政を行えず、つまり権力を行使できずにいたので、趣味である今様《いまよう》に没頭しており、若いころから憧れていた陸奥や出羽のことなどを知りたくて道行く庶民を呼び止めては情報を仕入れており、そのことが後白河の身を危険にさらすことになり、それを阻止するために経宗は、後白河が滞在する邸《やしき》にある、通りを見渡せる桟敷の前を惟方とともに板でさえぎったというのであった。

これらのことが朝廷内に知れ渡るも経宗らに咎めがないのはえこひいきであるとの非難がなされたので、後白河は経宗と組んで清盛に命じたことにして、経宗と惟方は平家の郎党にとらえられ、後白河の御前で鞭《むち》打ちの刑に処せられたうえ、経宗は阿波へと配流になったとの偽りの公示がなされたというのである。

これは表向きで、事実は、後白河上皇の命によって、経宗は阿波ではなく陸奥にある、奥州平泉に赴き、後白河への報告をまとめていたことなどを延々と加賀谷らに伝えた。

「ただ事情を知らなかった惟方は本当に長門へ配流となった。これについては気の毒なことをしてしまったと反省しておる」

といいつつも、面白いのは、鞭打ちの刑のときは後白河と経宗は談笑しており、平家の郎党が鞭を鳴らす音や、経宗らの代わりに叫び声をあげていたことなども懐かしそうに話してくれた。

経宗の話を熱心に聞き入っていた加賀谷らは当初頷いてはいたが、あとの滑稽な話になるとひいひい腹を抱えながら笑いが止まらず、腹の皮を縒《よ》るほどに笑い続けるのであった。

にぎやかなその様子に気をひかれて八の宮がやってきた。

「なんとも楽しそうですね」

「いま、経ちゃん、いや、経宗さんの思い出話を聞いていたんです」

菊地の言葉に八の宮は私も聞きたかったというような顔をした。

「ところでフランスって、このころからあったんですね。まだフランク王国の時代だと思ってたんで」そう言って北畠が笑顔を見せると、八の宮は国王の話をしだした。

「国王はルイ七世です。カペ王家第六代の王です。彼は真摯なキリスト教徒で、本来、争いを好まない王なのです。まるで、ここ平泉の王、藤原秀衡様のような方です。フランスをキリストの力で平和裡に治めようとしました。そこが秀衡様のお考えに非常に近いと思っているのです」

「そうだったのか。勉強になるな」北畠は頷きつつも眠たそうな声を発した。

「初代国王はユーグ・カペです。カペはあだ名で、ケープ。えーと、短い外套のことです」

「そうなんだ。フランスの国王はあだ名を自分の名前にするんですね」菊地がそう言うとさらに八の宮は続けた。

「そうです、フランス人はみな寛容です。なぜならパリという名称は、元々田舎者とか野蛮人という意味なのです」

「へえ、知らなかった」本当はパリの語源を知っていた菊地は、八の宮が拍子抜けしては気の毒だと思い、初めて知るような表情をした。

するど北畠が、「そういえばケープはポルトガル語でカパで、日本ではこれが雨合羽《あまガッパ》の語源になったんだよな」と自慢げに話しだした。

「河童⁉　河童なら、近くの川に行けば見られるぞ！」経宗は大きな声で、いまからでもみんなで河童を観察に行こうといわんばかりの張り切りようであった。

「今日はまもなく日が暮れます。またの機会に」八の宮がそう言うと経宗はがっかりしたようで、ため息をつきながら座布団のような大きくて分厚いクッションに横たわった。

加賀谷らは後々河童の正体について独自に探ると、それは頭のてっぺんを剃った修道士であることが判った。とはいえ、この時代、平泉や京の周辺には本当に河童がいるのかもしれない。彼らは、この時代の人々や背景を思うとそのように感じざるを得なかった。

さらには、平泉は海外との交流も盛んであったため、この時代に西洋からいろいろな人たちが来ても何ら不思議なことではなく、あらためて奥州藤原氏の偉大さを知ることとなった。

翌朝経宗の屋敷にて

朝になり、加賀谷は大事なことを思い出した。それは上坂部教授から託された手紙と、地図を含む書類を経宗に見せることであった。地図は平成に作成された新しい京都市街の地図であり、加賀谷らにとっては何の変哲もない代物であった。手紙の方はというと、明らかに上坂部が書いたと思われる通常の封書であり、もう一つの手紙と思しきものは、巻紙であり、何百年も経っていそうな、かなり古い時代に書かれたもののようであった。

彼は経宗に会うなり、事情を述べてそれらを手渡した。経宗は、面倒がる様子も見せず、気前よくそれらを受け取った。そこでまず見たのが京都市街図の方であった。折りたたんではあったが、部分的に確認できる、きれいな色彩で場所がすぐにわかるように作成された地図に興味を覚えたからであろう。それを手に取ると全体が見えるようにさっと床に広げ、自身は両膝を突きながら、まるで希少な宝石でも見るかのように両手を広げながらじっと眺めた。

「これが京の図だと申すのか？」経宗は驚いたようであった。

「御所？　大内裏《だいだいり》のことかな。これはなんとしたことか、内裏はもっと西の方にあらねばならぬ！　うーむ、私の屋敷が見当たらぬ。通りの名称も聞いたことがないぞ。竹屋町通だと、なんということじゃ。大路がないではないか。屋敷は大路の北にあるのじゃ。……あった！　富小路《とみのこうじ》があった。待てよ、これはおかしい。富小路はもう一筋東に寄ったところにあらねばならぬ。この図は京の図に間違いないのか？」

「はい。これが私たちの時代の京都市、いや京なのです。通りの名称は戦国時代の武将であった豊臣秀吉がすべて変えてしまいました」

「とよみひでいよ、とな。そのような武将の名は聞いたことがない」加賀谷の言う秀吉の名が、経宗にははっきりと聞き取れなかったようであった。

加賀谷は豊臣秀吉のことを説明しながら、通りの名称が平安京の時代のものとは全く違ったものとなっており、御所も東に移動した話をした。それを聞いた経宗は、自身の屋敷跡が細分化され、いくつかの小さな建物がその敷地内に建てられていることを知り、さらに落胆したようであった。まもなく経宗は公卿《くぎょう》らしく落ち着きを取り戻し、上坂部の手紙を読み終えるとつぎに、古い巻紙を解《ほど》くようにして読み始めた。次第に経宗は何かに感じ入るかのような表情になった。

「これはなんとしたことか。上坂部とやらはいまどうしておる。母共々苦労したようであるな。ところでこの者の先祖とやらは良く知っておるぞ。ここに書いてあることは辻《つじ》妻《つま》が合っておる。すべて真実であることは間違いない。京に戻った時に必ず伝えると、この経宗が言っていたと上坂部に伝えてくれ」経宗の目からは、涙が幾筋もの細い紐をくねらせるかのように流れ出ていた。

そのとき小柄な男が物音を立てずに、そーっと加賀谷らの部屋の前に現れた。かと思うとその男は後ろに、身の丈が二メートル近くありそうな大男を従えていた。

「経宗様、義経にございます」

「おお、よく来た。入れ、入れ、遠慮はいらぬ」その言葉に、二人の男は一礼すると経宗のそばに座した。

「この者たちは？」義経と名乗る男は、加賀谷ら三名を見ながら尋ねた。

「この方々は、未来から来たお方でな。こちらに座っているのが加賀谷さん、その隣が菊地さん、そしてその隣が北畠さんである。ちなみに、さん、というのはこの者らの時代に使われる敬称だということじゃ」

「そうでしたか。彼らのことは父上からすでに聞いております」

「おお、そうであったか。秀衡殿はもうその話をされていたのか」

「口をはさんで申し訳ありません。こちらの方が義経さんですか」

義経が父上と呼ぶ男が秀衡であることを、すぐに悟った加賀谷ではあるが、確認する

ためにそのように尋ねると、経宗は嬉しそうな顔をして、そのとおりだと答えた。すると、

「私の名は源義経という。姓《せい》は源、忌《い》み名《な》は義経である。仮名《けみょう》は九郎《くろう》。九郎と呼んでよいぞ」

それを聞いて菊地は心の中で、『クロウ⁉ 英語でカラスのことじゃない』そう思うとおかしくなって吹き出しそうになった。

「さすがに武将。貫禄があるなあ」加賀谷は感心しながら、菊地らの方を向き、姓というのは源や藤原、平であり、忌み名は本名を意味し、仮名は本名を使うことを忌み嫌ったのでその代わりの名、つまり通称であることを説明した。すると、その説明が終わったのを見計らって義経は、大きな男に名を名乗るように促した。

「私の名は武蔵坊弁慶と申す。弁慶と呼んでくだされ」

弁慶と称するその男は優しいまなざしで加賀谷らを眺め入った。

「じつは、ここに参ったのは父上から預かった義経記ならびに吾妻鏡という書物や藤原《ふじわらの》兼実《かねざね》殿の日記を読んだからでございます。すべて読み終えたわけではないが、そこに書かれていることがあまりにもむごい結果となっていることに心を痛めております」義経はそう言い終わると悲しい面持ちで経宗の顔を見つめた。

「認めたくはないが、書かれてあることはどうも真実であるようだ。ところで兼実は九《く》条兼実《じょうかねざね》とも言うのだが、私の部下でもあった男でのう。陰気で、表には出さぬが、日記では平家を蔑んでおる。私のことや陸奥のことなど批判しておるようだが、内心は憧れを抱いておるのであろう。ほっほっほ、本当は良い男なのじゃ。ところで九郎よ、秀衡殿もそなたが鎌倉へ向かうことを憂いておられる。何とか考え直してもらえぬか」

「たしかに、書物に書かれてあることは真実であると申せましょう。そこに出でる人物の多くが、私や弁慶が存じている者たちばかりでございます。民にこの者らを知る術はなく……」そういうと義経は後ろを振り向くようにしてうつむき、右の前腕を顔の上部に当て、肩を震わせていた。それを見ていた弁慶もつられるようにむせび泣くので、加賀谷らも悲しい気持ちにかられるのであった。

加賀谷は経宗に、平泉ではじめて義経と知り合ったのかどうか尋ねたところ、知人の藤原伊通《ふじわらのこれみち》の娘である藤原呈子《ふじわらのていこ》（九条院）に仕えていたのが義経の母常盤であったことから、義経のことは以前から良く知っていたという。ちなみに伊通は、経宗より二六歳年上であり、日頃から彼をからかってはいたが、内心はその能力を買っていた人物である。しかも、守仁孫王《もりひとそんのう》（のちの二条天皇）は、母亡き後、祖父である鳥羽上皇の后《きさき》であり、伊通のいとこである美福門院に育てられたこともあり、過去においては経宗や惟方《これかた》とともに二条天皇擁護のために伊通も立ち上がっていたのであるから、両者は親密な関係にあったといえる。

他方、幼いころの頼朝の命を救うよう平清盛に懇願していたのは、何を隠そう経宗であることをも知る。経宗は、後白河天皇や後の二条天皇に近づいて権勢をほしいままにしようとする信西《しんぜい》討伐に関して世話になった義経や頼朝の父である源義朝を哀れみ、後白河上皇を通してその子頼朝の助命を願ったというのである。それが証拠に、一一六〇年三月一一日に頼朝は伊豆へ、同日、経宗は表向き阿波へ配流となっている。もちろん、経宗の方はというと後白河の命で平泉に遊学の旅に赴いたわけである。歴史書では、平清盛の継母である池禅尼《いけのぜんに》がわが子に似ていることから助命を望んだとか、後白河天皇の一歳年上の姉であり、頼朝も仕えたことがある統子内親王《むねこないしんのう》の嘆願があったということになっているが、事実無根ということになる。

ただ、口惜しいのは、経宗は、阿波に配流となったと思われていたので、平泉から戻ったことを知らぬ、あの年寄りの伊通に、粟《あわ》の大臣と侮《あなど》られたうえに、黍《きび》（吉備）の大臣も古《いにしえ》にいたのであるから、こんどは稗《ひえ》の大臣が出るかも知れぬのうと大きな声で嘲笑されたことであった。いまになれば、経宗において、伊通には腹立たしさを感じてはいたものの、半面、滑稽さをもって親しみを抱かせる人物として、好感を持っていたようにも思えた。

「経宗様には兄頼朝共々世話になっておる。父上同様、信頼のおける方である。ああ、もう一人忘れておった、ここにおる弁慶もそのひとりだ」義経の言葉に、弁慶はまた涙を流した。今度の涙は感涙というものであろう。

「でもおかしいものですね。京の五条大橋で義経さんの太刀を奪おうとして、逆に懲しめられた盗賊が、いまは忠臣なのですから」菊地がそう言うと、義経はぽかんとした顔をして、「弁慶よ。京の五条に大橋などあったか」

「さあ、わかりませぬ。そのような橋はなかったと思います」弁慶は菊地をにらむようにして、さらに続けた。

「わしは太刀など盗もうとしてはおらぬ。清水寺に参られた義経様をみつけて、郎党にしてくれるようお願いしたまでである」

「ええっ、そうだったんですか」菊地のその声に弁慶は、

「さようでござる。清和源氏の流れをくむ義経様が、南都にゆかりのある鞍馬寺で修行をされていたのを知った時から、お仕えいたしたいと思っておりました。これも藤原経宗様が、鞍馬寺に似た由縁がある、藤原氏の氏寺、興福寺の僧と観音様の化身とに始まる、清水寺を訪れるように助言くださったお陰でございます」

「じゃあ、九九九本の太刀を奪い取ったあと、一〇〇〇本目を奪おうとして、義経さんに懲らしめられたって話はどうなんですか？」菊地はこの機会に徹底的に疑問に思っていたことを質《ただ》そうとしているようであった。

「あっはっはっは。わが弁慶は、か弱い女や子供を襲おうとする悪党から腕力をもって護ることはあっても、力尽くで人の物を奪い取るような悪人ではない。おそらく、怪力弁慶を打ち破ったとすることで、この私を英雄視させるための後世の作り話であろう」

「殿《との》……」弁慶のむせび泣くような声がまた聞こえた。

「ごめんなさい」菊地は恥ずかしそうな表情をしてうなだれた。

その様子をみて義経は、

「そなたらが父上に託した義経記なる書物や書面に書かれてあることすべてが真実であるとは思えぬが、おおまかな物語が真実味を帯びておる。そう考えておるからこそ悩むのだ。この心中、察してくれるか」義経の言葉に周りの者は皆、何も言えずうつむくだけであった。

「九郎よ、ならばどういたす。頼朝を討つのか」経宗が尋ねると、

「待ってください。まだ如何にすべきか決めかねております。経宗様には、ご恩になっておきながら、このようなことで申し訳ございませぬ」

「それはなにゆえに？　頼朝と兄弟としての対面をした上で決めるというのか。それとも頼朝とともに新しい都を作ろうとでも考えておるのか？」

「いえ、私は兄上を信じているのではありませぬ。たしかに、功績を残すことで兄上に気に入られ、弁慶はじめ私の郎党とともに平泉や京を含む新たな時代を作ることができればよいとも思っております。されど、それも儚《はかな》い望みにすぎませぬ」

「ではなぜ早く実行に移さぬ。頼朝を討つための宣旨《せんじ》であれば、後白河様に私がお願いすれば、なんとかなると考えておる。なにか妨げになることがあるのか。あるいは妨げになる者が居るのか」

「はい、私の中に居ります。それは葛藤という邪魔者です。これこそが最大の障害でございます。それゆえ、いましばらく猶予をいただきたく存じます」

「どれほど必要か」

「はい。さほど長くは要りませぬ。どうか」

「わかった。幸いにして、まだそなたには妻がおらぬ。秀衡殿や弁慶らのことをよく考えてな」経宗がそう言うと、弁慶を従えて義経はその場を去っていった。

カラスの最後

それからひと月ほど経ったある日の午後、加賀谷ら三名は経宗の屋敷にある庭園を眺めながら話をしていた。

「先生、僕たちは本当に平安時代にいるんですよね。まさか、あの義経さんに会えるとは嘘みたいです」

北畠の言葉に菊地も同感だという仕草をした。

「私も。憧れの義経さんに会えたなんて、今でも信じられません。夢を見ているようです」

「世の中には理論だのなんとかだの言っても解決できない事象が数多くあります。いずれにせよ、いろいろな理論がありますが、ふたりは、すべての事柄について懐疑的にみるようにしてください」加賀谷の言葉に北畠が爛々と輝く目で言った。

「そういえば、去年の先生の講義。リモートだったけど、環境法を研究しているとかいう大学院生が参加していて、二酸化炭素などによる温室効果で世界の気温が上昇している現象を法学はどうとらえるのかって偉そうに言ってたのを思い出しました」

そう言うと今度は菊地の顔色をうかがうような素振りをしながら北畠は続けた。

「そうしたら先生が、はじめはそうかもしれないけれども炭酸ガスなどが地球を覆うことで赤外線を遮断して冷えていくのではありませんか、と反対に質問されたんだ」

「へえっ！　で、どうなったの」菊地が興味深げに問うた。

「いやあ、その院生はもう一度検討してみるといって、そのまま退場してしまったみたい」北畠の話に加賀谷は、

「法学や医学を学んだこともある哲学者のデカルトは『われ考えるゆえにわれあり』と言って、ああでもないこうでもないと考えている自分は存在すると述べていたのは知っているでしょう。そう、コギト エルゴ スム（Cogito ergo sum）です。正確には、ラテン語で『私は』を意味するエゴ（Ego）を入れて、エゴ コギト エルゴ エゴ スム（Ego cogito ergo ego sum）というべきかもしれませんが。人間からすべての感覚を取り去ってしまえば、『存在』を知ることはできないということになるけど、ある感覚がないから存在しているのに、そのことを認識できないという見方もできる。私がこうして過去に戻るために見つけた、いわば『時間の穴』も存在していたのに、いままで誰も見つけることができなかった。そしてそれは人の意識であるとか心の作用でコントロールできるということも」

「えっ、三段論法的に『考える、だから自分は存在する』という意味かと思ってました」北畠は右手で頭の後ろを掻くような仕草をしながら照れ笑いした。

「科学の研究対象と哲学のそれとは異なる場合があるとはいえ、こうして私たちは平安時代に来ているという事実ははっきりしています。夢ではないのです！」加賀谷はいくらか興奮しているようにみえた。

「先生、平安時代に戻った話を論文にしてください。きっとノーベル賞を受賞できますよ」北畠の真剣なまなざしに、

「ありがとう。でもこのことを論文に書いたとしても、審査委員は首を傾《かし》げるだけで、誰も相手にしないのではないでしょうか。だいたい、アインシュタイン先生は、光電効果を説明するときに、金属板に光子《こうし》を当てると電子が飛び出すという理論で、ノーベル物理学賞を受賞しました。『運動する物体の電気力学について』という論文、つまり特殊相対性理論ではもらわなかったのです。難しすぎたんだろうね」

「じゃあ、小説にしたらいいんじゃないですか。実録とかなんとかを題号のはじめに入れて。ノーベル文学賞をもらえますよ」菊地も真顔で言った。

「どうもありがとう。二人には感謝します。小説にはしたいと思っています。誰も信じてはくれないだろうけどね。もちろん、二人も名前を変えて登場させるから、乞うご期

待といったところかな」

「で、先生。つぎはどの時代に行きますか。僕は西洋がいいと思うんだけど。あっ、西洋にも行けるんですよね」北畠は不安そうに尋ねた。

「時間の穴は、日本国内だけではなく、世界中の至る所にあります。ですから世界中のどこからでも、そう、その国の過去へ戻れるのだと考えています」そう言うと加賀谷は、北畠の最初の質問に答えた。

「じつは、以前から考えていたのだけれど。今度は江戸時代の写楽に会いたいと思っているのです」

「写楽？　あの浮世絵師ですか」北畠は、意外だと思ったのか、きょとんとした顔をした。

「知っているかもしれないけど、写楽が誰なのかいまだに、その正体が判っていない。一応、江戸に住んでいた、阿波の能楽者である斎藤十郎兵衛だといわれているのですが、でもおかしいと思いませんか」

「あっ、はい。能楽者が浮世絵を書くなんておかしいです」菊地が答えると、さらに彼は続けた。

「江戸に住んでいた十郎兵衛を、阿波の藩主蜂須賀治昭《はちすかはるあき》が江戸にいたときに家来にしたようだけど、治昭の父親が蜂須賀重喜《しげよし》といって、秋田藩の支藩の四男坊なのです。秋田藩は正確には久保田藩というのだけど、殿様は源氏の流れを汲む佐竹氏。余談ですが、先祖佐竹昌義《まさよし》は、この平泉の初代当主である藤原清衡《きよひら》の娘を後妻にしているのです」

「へえ」二人が感心すると、さらに続けた。

「それで、佐竹氏は由緒ある家柄なので、それを妬んだとはいっても憧れてもいた徳川家康は、断絶させることはしないで、四六時中佐竹を監視させていた。家康の死後百数十年経ったときでさえ徳川は佐竹氏に対する脅威を抱いていたといえます。だから佐竹の血を引く重喜を知る者はみな名君と讃えるが、徳川側は彼をけなしていた」そう言って加賀谷は写楽の正体について、佐竹氏を中心とした複数の絵師が関わっているとの見方を示した。その中には葛飾北斎がおり、その根拠の一つに斎藤十郎兵衛が挙げられた。北斎の母は、米沢藩から吉良上野介の家臣となった小林央通《ひさみち》の孫であるところ、吉良家にはほかに斎藤十郎兵衛と名乗る家来がいた。おそらく北斎は、十郎兵衛が曽祖父である央通の忠義な部下であったのか、あるいは曽祖父の親しい友人であった十郎兵衛の名を、写楽の一員であることを隠すために、いわば雅号として名乗ったのではないかという。

　また、本家である久保田藩主に、分家出身である蜂須賀重喜の兄を挿げ替えようとした、佐竹騒動自体、本家と分家は仲が悪いと見せかけるための騒動、換言するならば、宗家《そうけ》に迷惑が掛からぬよう企てたのであり、徳川幕府側の目をくらますための偽りの騒動であったと述べた。さらには、久保田藩主佐竹曙山《しょざん》ならびに久保田藩士小田野直武《おだのなおたけ》と親交のあった平賀源内自身も、その先祖は仙台伊達氏に仕え、伊達政宗の庶子である伊達秀宗《ひでむね》が初代宇和島藩主になるにあたって、共に四国へ下ったとされ、その後高松藩に移っている。

時代は異なれども秋田蘭画創始者の曙山に対する徳川の嫌がらせに、解体新書の表紙絵や挿絵で知られる直武の不審な死、さらに源内の投獄死に関しても徳川幕府側の関りを無視することができないという。こういった経緯からして、蜂須賀重喜すなわち元の名は出羽久保田新田藩出身の佐竹義居《よしすえ》が中心となり、版元の蔦屋重三郎や北斎ら絵師と組んで写楽なる虚構の人物を作り上げ、徳川の表現の自由抑圧などに対してあらがおうとしたのだと説明した。

この話には北畠や菊地はたいそう興味を抱き、いずれその時が来ればまた一緒に過去への旅をしたいと考えるのであった。

「でも先生、過去に戻れれば史実を知ることができて素晴らしいですね。私、縄文時代にも憧れます。そうそう、大森貝塚の土器から指紋識別を思いついたんですよね」菊地の質問に、加賀谷は感心しながら答えた。

「良く知ってるね。大森貝塚を発掘するのを手伝っていた医師のフォールズというイギリス人がいて、縄文土器についていた指紋がそれぞれ異なっているのに気付いたことがきっかけとなっています。でも、縄文人はわざと土器に指紋をつけて自分の作品だとわかるようにしていたのかもしれない」

「そうか。そうかもしれませんね」菊地の目は爛々としていた。「ところで先生、もし宇宙ができる前の世界に戻ってしまったら、私たちは宇宙の歴史も解明できるんじゃないですか。でもそうなると生きてられないかもしれないですけど」

「そうかもしれない。宇宙が存在しなければ時間も空間もないからね。少し話はかわるけれども、思うに、すべてにわたって無と有を分けることは妥当ではないと考えています。以前、おふたりが私の家に来られた時に少しそれについて触れたのを覚えていますか。つまり無と有は連続していると考えなければならない場合がある。ある物質を際限なく小さくしていくことは可能だと思うのです。こんなことを物理の研究者に言ったら、そんなに小さな物はないと怒り出すかもしれない。だけどね、小さすぎて認識できない、反対に、大きすぎて認識できないということも想定しておかなければね。そこで話は戻るけれど、ずっとずっとそれを繰り返していけば無限に細《こま》かくなる。けど無は存在する。

この理屈で行くと、なかなか無に到達することはできないことになるのだけど、じつは無から連続して有が生じていると考えているのです」

加賀谷らが話し込んでいると、外の庭の方から経宗の声が聞こえてきた。

「冠ちゃん、かんちゃ～ん」

もう夕暮れ時だというのに冠ちゃんと名付けられたカラスがまだ帰らないことを心配した経宗は、何とも言えぬ悲しげな顔をして、屋敷の外側を流れる小川の辺りに立ちすくんでいた。

加賀谷ら三名は、経宗の声がする方へとやって来ると突然、カラスの、いや鴨とも白鳥ともいえぬ鳥が鳴き叫ぶ声を発する、大きな黒い影が小川の向こう岸にある草むらへ飛び降りていくのが見えた。あきらかに鴨の鳴き声をまねるカラスであった。とそのとき、狩人のような恰好をした二人の男のうちの一人が、「鴨があの草むらに舞い降りたぞ。早く矢をつがえよ‼」そう叫んで、小川の向こう岸に矢を、それぞれが一本ずつ放った。

「やめろ！　矢を放つな‼」経宗は慌ててそれを制止しようとしたが間に合わず、草むらから「ぎゃあ～」という鋭い叫び声とともに、「くえくえ、あ～、か～」という鳴き声が響き渡った。

「愚か者め！　射《う》つなといっただろ。ああ冠ちゃん」経宗はうろたえながら、川幅もさほどなく浅瀬である小川の向こう岸にある草むらへと渡ると、二人の狩人も血相を変えてその後を追った。

　背の高い葦《よし》のような草が体にまとわりつくのも構わずに経宗は、カラスの方へと必死になって草をかき分けながら近づいて行った。すると一羽の大きなカラスが経宗のところへ何事もなかったかのようにぴょんぴょん飛び跳ねて来るではないか。

「無事であったか。良かった、良かった。心配したぞ、冠ちゃん」経宗はそう言ってカラスがやってきた方向を見ると、二人の武者らしき男が、脚を矢で射抜かれて苦しんでいる姿があった。

「お〜い、早く来い。怪しい輩がおるぞ。早く捕まえろ」

　狩人と思しき男らは、武者ではなかったが、奥州藤原氏に仕える者であったので、直ちに怪しい男二人を捕まえて、経宗の屋敷の前に連れていき両手足を縄で縛り付けた。

と、そこへ義経と、弁慶はじめ数人の従者らがやってきた。

「冠ちゃんのお手柄で、怪しげな男を捕らえることができた。おそらく頼朝方の者であろう」経宗がそういうと、義経は一人の従者に何か囁いた。その従者はすぐさま二人の男を連行し、どこへやらと立ち去ってしまった。

「経宗様、危のうございました。カラスのお陰で命拾いされたようで、なによりでございます」義経は笑いながらそう言ったかと思うとすぐさま真剣なまなざしで、「間違いなく頼朝方の者でしょう。もうすでに我々の動きを察知しているようです」「そうだな」経宗は、胸に抱きしめていたカラスに、ほほ笑んだ。「冠ちゃん、これからは鴨の真似をしてはならぬぞ。そうだ、小鳥の真似をすればよい」

つぎに彼は、にらむように義経がいる方へ顔を向けた。「ところでどうだ、しばらく会わなかったが、頼朝を攻める気になったか」

「はい。もう迷いはございませぬ」

「ではどのような手で攻める?」

「鎌倉へ入るには幾本かの道があります」

義経の言葉に思わず加賀谷が口を出した。

「間に入って申し訳ありません。鎌倉のその道は切通しなので、上方から、弓矢などで攻撃される恐れがあります。とは言っても、今はまだ頼朝さんは鎌倉ではなく、伊豆に居ると思います」

「助言をいただき忝《かたじけな》い。安心してください。そのようなことは疾《と》うにわかっております」義経はやさしい眼差しでそう言いながら、奥の部屋で話がしたいと促した。

誰も聞き耳を立てる者が居そうにない部屋へと移動した義経らは床に座した。そこで加賀谷はいまから一五〇年くらい後に起こる、新田《にった》義貞《よしさだ》の鎌倉攻めでの出来事である稲村ヶ崎の奇跡の話をした。それは竜神に願い、腰に差していた太刀を海に投げ入れたとたん、潮が引き鎌倉への道がついたという話であった。

「なかなか面白い話だ。だが、そのような奇跡を待ってはおれぬし、鎌倉の地理に詳しい者の話だと、稲村ヶ崎ではそのようなことが起こるとは思われないという。従者の士気を高めるための手段か、己を神格化するための口実、いやでっち上げにすぎないであろう」義経がそういうと、経宗が尋ねた。

「では、どのようにして攻め入るのか」

「船です。父上が何隻か大きな船を持っておられます」

「それだけでは少ない」

「あとは平家に任せたいと思っております。それに弁慶は熊野の水軍と深い縁がございます」

「しかし兵はどうする？　どうやって集めるのじゃ」

「常陸国《ひたちのくに》の佐竹を味方につけます。佐竹の軍勢はかなりのものとおおせますゆえ」

「佐竹って、頼朝と一緒に平泉を攻めた人でしょ！」菊地が心配そうに言うと義経は、

「たしかにそなたらが見せてくれた文《ふみ》にはそう書いておった。しかしそれはいまから何年か経ったのちの話だ。今なら間に合う」

そう言ってまたあらためて参ることを約して、経宗の屋敷を後にした。

再び秀衡の屋敷へ

それから何日か経って、また前と同じように加賀谷らは目隠しをされて秀衡の屋敷へと向かった。馬車から降ろされた三名が見た建物は以前招かれたときのものよりもさらに大きな屋敷であった。仕えの者に案内されて中に入ると、そこは異国のような雰囲気が醸し出されていた。案内された場所にたどり着くまでにはいくつかの部屋があり、廊下越しに見えるその室内には西洋や東洋のものと思われる調度品などが置かれ、平安時代の公家の屋敷にいう室礼《しつらい》のようであった。

「ここは伽羅御所《きゃらのごしょ》といって、秀衡様の寝殿である。この広さ、見事さは、京にある私の邸宅など比べ物にならぬ。当たり前のことじゃがな。ふむ、政務を行う平泉館《ひらいずみのたち》というのもあって、いずれは案内してもらえばよかろう」経宗はまるで自分の家でもあるかのように振舞った。

そうこうしているうちに奥の部屋に到着し、そこに座すように言われた加賀谷らは非常に驚いた、なぜなら、その部屋にはすでに秀衡の郎党と思われる武者等が数十名座していたからである。

「緊張せずとも良い。こちらへ参られよ」一人の男が聞き覚えのある声で彼らを呼び寄せた。声の主は義経であった。義経は上座となる位置の、向かって右側にあたる場所に、下座を見渡すように座っていた。加賀谷は早速、指示されるがままに、義経の真ん前にならないように右肩を上座に向けて座した。菊地は彼と同じ方向を向いてその後ろになる場所に、そして北畠も同様に彼女の横に座った。ただ見渡したところ弁慶の姿はなかった。

しばらくすると、秀衡が息子と思しき男性二名を従えて入ってきた。

彼らは国衡《くにひら》と泰衡《やすひら》であった。秀衡亡き後は第四代当主となる泰衡であるが、彼は頼朝率いる鎌倉軍に攻め入られ、途中、忠義な郎党であると信頼していた河田次郎を頼って、出羽の北部に逃走したが、その裏切りにあい、文治五年（一一八九年）九月に殺害された武将である。これに対して、武勇に秀でていた国衡こそ、奥州藤原氏の後継者にふさわしい人物であったが、弟の泰衡とは腹違いの母の身分ゆえに冷遇され、頼朝軍との、いわゆる阿津賀志山《あつかしやま》（福島県）の戦いで活躍するも、文治五年八月に討取られている。

秀衡は真ん中に座すと、二人の息子はそれぞれ、彼の右側にゆっくりと腰をおろすように座した。すると弁慶が、何かを警戒しながら、辺りを見渡すようにしてやってきた。

「殿、怪しい人物はおりませぬ」そう報告すると、義経は立ち上がり、「皆の者、これから鎌倉攻め、否、頼朝攻めについて説明する」

周りの者は、すでに話を聞いていたせいか、別に動揺する様子もみせず、一斉に義経の方に顔を向けた。

「われわれは朝廷および、この奥州平泉に対して謀反《むほん》を企てる者を成敗するために力を合わせねばならぬ」

義経の言葉に、一同、「うぉおっ‼」と士気が上がったようであった。

「その者の名は、いま言った源頼朝である‼」

「うぉおっ‼」

「まずここで父上、秀衡様から作戦についてご説明がある。よく聞くが良い。私は幼いころ鞍馬寺に預けられ、母の命によってこの平泉に参った。そして秀衡様から戦術を学んだのである。今回その秀衡様の戦略とわが戦略とが、言うまでもなく一致しておる」

「えっ、戦術は鞍馬の天狗からじゃなかったの?」菊地が独り言のようにつぶやくと、それを聞いた義経は、「ははは、そなたらの文献にはそのように書いておったがのう。僧兵ならばともかく、鞍馬寺の天狗様や僧らが私に兵法など教える訳がなかろう」そう言いながら胡坐《あぐら》をかいた。

「そうか。それもそうだわ」菊地は納得したようにうつむいた。

「では良いか。私の方から話を始める」秀衡はその場に座したまま話し出した。

「わが方の味方は、佐竹隆義《たかよし》殿、佐竹義政《よしまさ》殿、佐竹秀義《ひでよし》殿、畠山重忠殿、大庭《おおば》景親《かげちか》殿（平良文の末裔で鎌倉景正の流れをくむ）……」秀衡は自ら加担することを約した武将らの名をつぎつぎに挙げると、そのたびに周りからは「おお」という歓声が上がるのであった。

もちろん名を呼ばれた武将の中には、ここに参列している者もいた。

ところで、佐竹氏二代当主である佐竹隆義の嫡男、義政は第三代当主となる人物であり、秀義はその弟ということになる。加賀谷らの歴史書では、義政は、父である隆義が上洛中に、いまの千葉県を領土とする、上総《かずさ》広常《ひろつね》の卑怯な手によって殺害されるので、秀義が第三代当主となっている。他方、畠山重忠の方はというと、一一八九年の奥州合戦では、国衡を討取る役目を果たし、大庭景親は平家の家人であり、治承四（一一八〇）年一〇月の富士川の戦いで敗れ、頼朝の手によって処刑された人物となっていた。

秀衡は手に持っていた名簿を厳かに元に整え終えて静かに続けた。

「最後になるが、あと間違いなくわが方の味方になる方々は、平清盛公の一門である」

秀衡がこの名を挙げると、一同は驚いたようになっていたが、それはいつしか大きな歓声に変わっていた。

「これは驚いた。平家一門が我々と共に頼朝を倒すというのか！」

佐竹隆義がそのように言うと、秀衡は情勢について説明しだした。

それによると、いま京の都では平清盛が独裁をはじめたとやらで、公家を筆頭に、平家に対する反抗者が続出しており、奈良南都の興福寺だけでなく延暦寺までもが清盛に対して異を唱えているという。さらに、治承四（一一八〇）年四月には後白河法皇の第三皇子である以仁王《もちひとおう》の平家政権を打倒する企てが発覚したことで、平家の立場は急転したため、以前にも増して、秀衡に対する平家からの協力要請が幾度となくあった。しかし平泉の中立を保つために、いままでこれを保留にしていたことを明かした。

なぜ以仁王が挙兵を企てたのかについては、経宗から説明があった。

清盛は、前年に後白河法皇を幽閉したこと、当年三月において、高倉天皇は太上天皇となり、清盛の娘である徳子《とくこ》との子であり、まだ三歳である第一皇子言仁《ときひと》（安徳天皇）に天皇の座を譲っていることを上げた。

すると経宗の目からは大きな涙が流れ落ちていた。おそらくそれは、一五年ほど前に崩御された甥にあたる二条天皇と、同じく若くして崩御した二条天皇の皇子であった六条天皇のことを思い起こしたのであろう。その様子を見た武将らの中には、そのことを察してか、すすり泣く声が聞かれた。

とはいえ、清盛が安徳天皇の外祖父として実権を握ろうとしていることは明白であり、このことにより平家を仲間に引き入れることに反対の声を上げる者も数人いた。そこで経宗は、後白河法皇が雅仁親王《まさひとしんのう》であったときの正妻が姉であることから、自らが仲裁役を買って法皇と平家とを和解へと持ち込む確固たる意志があること、そして、秀衡においては、われわれのもっとも重要な目的は頼朝を倒すことであり、平家をわが方の傘下に収めるようにして、実権は朝廷と奥州平泉が握るようにするが、頼朝らの領地は皆で分配すればよいと説得した。秀衡や経宗の熱意ある説得により、一部には未だ合点がいかぬという顔をしている者もいたが、一応、全員が平家を仲間に入れることに納得するのであった。

秀衡は賛同を得たことで気を良くしたためか、源義仲からも協力要請があったことを明かした。それを聞いた周りの者たちは動揺を隠しきれない様子であったが、秀衡は、義仲をも頼朝討伐に引き入れようとしていることを告げた。一同はまたざわめき始めると、それをかき消すかのように大庭景親が叫んだ。

「戦術はいかに⁈」

その声に静まり返ったのを確認して義経が立ち上がった。そして手に持った白い大きな紙を下座に向けて広げた。そばに居た北畠は、加賀谷から命じられたようで、立ち上がったかと思うと義経の横に立ち、鎌倉の図が描かれているその紙を両手に持ち、大きく広げて見せた。弁慶は、というと彼は護衛を兼ねているようで下座の方に立ち、周りを見渡しているばかりであった。

義経は図を見せながら、鎌倉について、まだ整備中であるその街は、南は海に面しており、陸地は三方小高い山が連なっていることから、陸地から攻め入るには七箇所ある切通しの道を通らねばならないため、海から攻め入るのが賢明であると結論付けた。

これに対しては、反論する者もいたが義経は、切通しは山などを切り開いた道であり、上部から弓矢や投石で攻撃を受けるなどすれば一溜りもなく、兵の命を無駄に奪われることになると説明した。そこで義経は具体案として、まず奥州平泉が有する船を活用すべきことを告げると、「ここには何艘の船があるのか」と、武将のひとりから尋ねられた。

「商船が三隻に兵船が一二隻であると聞いておる」義経の回答に一同大笑いとなった。

「それだけの船で海戦に勝てるとでも思っておるのか」

「だから『まず』といっておるであろう」義経の怒ったような表情に、一同、また大笑いとなった。

「これ義経、怒るでない。みな九郎に興味を抱いておるのだ」秀衡が中に入って仲裁したかと思うと、面前で九郎を忌み名（本名）で呼んだことに、二人の間には血のつながりは無くとも、真の親子なのだと一同、感心することしきりであった。

するとその様子に経宗は何としたことか自慢気な顔をして言った。

「おっほん、私などは未来人から、経ちゃんと呼ばれておるぞ。ちなみに私のかわいい家族は冠ちゃんと呼ばれておる」

「あっははは、それは手柄を立てたというカラスの名か⁉」

誰が言ったのかはわからないが、その声に、周りの者たちの多くが哄笑《こうしょう》するなど、明るくにぎやかな会議となっていった。

「皆の者聞いてくれ。平家は知ってのとおり持ち船が多い。それゆえ海戦には心強いものと考えておる。さらには、平家に加担する水軍の数も底知れぬものといえようぞ」義経の話に一同無言で聞き入った。

「しかも弁慶は熊野水軍と縁があるゆえ、これらを味方につけることができる」

「おお、熊野水軍が味方になれば、和泉灘や播磨灘などの水軍の多くが、平家方、源氏方にかかわらず、わが方に加担いたすに違いない」佐竹隆義がそういうと、他の者たちもその通りだと言わんばかりに納得したが、大庭は疑問を呈した。

「たしかに播磨灘などの水軍は船の数では引けを取るまい。だが彼らは、あの辺りの内海の流れが他とは変わっており、そのことを把握しておるから強いのであって、これが鎌倉に面する大海原であれば何の役にも立つまい」

「大庭殿の言うこともしかりである。しかし、多くの兵を鎌倉へ送り込むには船の数が多いに越したことはない」秀衡は義経をかばうように言った。

「聞いてほしい。わが方にはいまのところ、熊野水軍以外にも、摂津の国から渡辺水軍、そして伊予の国からは河野《かわの》水軍が加担するはずである。その数、総じて九〇〇艘と見込んでおる。しかも平家が味方に付けば、平家一門の船のほかに、筑前の山鹿秀遠《やまがひでとお》、肥前の松浦党《まつらとう》らも加わることになり、そちらの船の数は五〇〇艘は下らぬであろう。これらの船をもって、鎌倉の海を、東と西、双方から一気に攻める。鎌倉共の船を追いやってのちに、われわれは鎌倉へ攻め入る。この考えに反対の者がおっても、この作戦を変えるつもりはござらぬ」

周りの者たちは義経の作戦に、反対の意を唱える者はおらず、歓声をもって、みな感心するばかりであった。

そのようななかにおいて大庭（景親）が立ち上がって話し出した。

「たしかに海戦においてはわが方は有利であろう。しかも鎌倉はまだ頼朝が居住しておらず、その整備段階にあるゆえ、いま攻撃を加えれば廃墟となすことは容易《たやす》かろう。だが万全を期するためには陸からも攻め入る必要があるのではないか」

　すると義経は、

「大庭殿の言うとおりである。ご安心くだされ。抜かりはござらん。陸からは、東山道《とうさんどう》および北陸道を通って行きます。頼朝らは、我々の動きに気付けば、出羽、越後、下野《しもつけ》、上野《こうずけ》を通ろうと企てるはずです。そのはるか前に、われわれはそれぞれの地の護りを強化しながら、進軍します」

「富士川の戦いでは、上総広常《かずさひろつね》が二万騎の兵を従えて頼朝に加担したのですが、大丈夫ですか」加賀谷が思わず横から口をはさんだ。

「富士川の戦い……、それはなんじゃ？」佐竹隆義が首をかしげて尋ねた。

　すると義経が、

「佐竹殿、それはこの未来人が、父上秀衡様に渡した文にそう書かれております。いまから月が数回変わり一〇月のころになります」

「ところで上総といえば、平常茂《たいらのつねしげ》が常景《つねかげ》とかいう兄を殺して、家督の地位を得たとあるが、広常の陰謀だと考えております」今まで傍観していた秀衡の長男である国衡が口を挟んだ。

　彼が言うには、非道にも兄を殺して跡を継いだため悪人としてみられた常茂からは、ほとんどの家人らが離れてしまって広常についたことで、兵の数も増えたという。

さらに、これから起こるであろう事象として、広常は、富士川の戦いの後、今年一一月、平家を追討する前に、頼朝に対して、佐竹を討伐するようそそのかしたことになっているると述べた。しかも広常は、隆義が入洛しているのを知って、その嫡男佐竹義政を、話がしたいと呼び出して殺害し、内通していた義政の叔父にあたる佐竹昌成《まさなり》に、佐竹氏の本拠地である太田城とは異なり、要害として次男の秀義が立てこもっている金砂城《かなさじょう》内部を案内させて攻め入ったというのであった。

これを聞いた佐竹隆義は怒り狂ったように叫んだ。

「なんということだ。なぜそのようなことが分かるのだ」

「それは上坂部という、ここにはおらぬが、もう一人の未来人が私に託した書面に書かれておる」経宗が立ち上がって言った。

その言葉に加賀谷は驚いたが、無言でその場をやり過ごすことにした。

「そうか、上坂部先生は、そんなことまで書かれていたのか」彼は心の中でつぶやいた。

「そうなれば常茂を味方にするとしても、広常のような汚い手を使う者はどうしようもないな」佐竹の言葉に、

「広常は、昨年、治承三年に、上総介《かずさのすけ》として伊藤忠清が赴任した折、冷遇されたのを根に持って、頼朝に従ったにすぎぬ。しかも伊藤は、昔、後白河様が滞在する邸《やしき》にある桟

敷の前を板でさえぎった廉《かど》で、私をとらえた者じゃ。従者に本気で縛り上げさせたものだから、しばらく節々が痛くてたまらんかったがのう。いずれにせよ、伊藤は、下総国と上総国の坂東武士らを統率する権限を持っておるはず」経宗がそう言うと、佐竹は豪語した。

「うわっはっはっは、わが方からは少なくとも二〇万騎の兵を出すことは可能だ。ちと事々しいがな。さらに越後の城氏《じょうし》も間違いなく加担するであろう」

佐竹氏は、新羅三郎《しんらさぶろう》と称した源義光の流れを汲む、清和源氏佐竹昌義《まさよし》を祖としており、常陸国奥七郡《ひたちのくにおくしちぐん》（茨城県北部）を領地とする豪族であった。ちなみに昌義は、奥州藤原氏の初代当主藤原清衡《きよひら》の娘を継室（後妻）としていたことはすでに述べたとおりである。なお、慶長七（一六〇二）年には、関ヶ原の戦いに関与しなかったことで、西軍石田三成に加担したとみなされ、佐竹の軍事力に脅威を抱いていた徳川家康により、久保田（秋田）に転封となっている。

「さすがに佐竹殿、心強い。ところで、もう一人注意しなければならない人物がおる。それは伊豆の伊東祐親《すけちか》じゃ。上坂部の文章によると、祐親の次男九郎祐清《すけきよ》は頼朝と通じておる。頼朝の乳母であった女の三女を妻にしておるからな。とはいえ、この時期においては、父祐親と共に平家方についておるとは思うがの」

経宗の発言に、一同どよめいたが、のちに参加者の多くからそれぞれ意見が出され、会議はさらに詳細な部分に入っていった。

長時間続いた会議も一段落して、仕えの者たちが御馳走や酒を持って部屋に入ってきた。お腹をすかしていた武者達をはじめ、加賀谷らも目の前の饗膳に舌鼓を打つのであった。

平家との対面

幾日かが過ぎ経宗の屋敷では、早朝から仕えの者たちが慌ただしく動き回っていた。それは例のカラスの鳴き声のせいではなかった。

「これこれ、早く起きなさい」経宗は廊下の方から、加賀谷らが寝ている部屋ごとに訪れ、声をかけた。

加賀谷自身、すでに目は覚めていたが寝床の中でこれからどうなるのかと考えていたところであった。

「経宗様、どうなされました」

「どうもこうもない。平家の武将である平宗盛《たいらのむねもり》殿に、平時忠《たいらのときただ》殿と、その嫡男平時実《たいらのときざね》殿が参られる。これからわれわれも会いに参ろう」

「宗盛って、壇ノ浦の戦いで鎧を脱いでうろたえてた男性ですよ、たしか。見かねた家来から海に突き落とされたけど、太ってたから沈まずに助かった人だとか」北畠が言うと、今度は菊地までもが、

「時忠さんは、『此一門《このいちもん》にあらざらむ人は、皆人非人《にんぴにん》なるべし』って言った人じゃない

ですか」

「ああ、その人が『平家にあらずんば人にあらず』って言った人か」北畠の言葉に、

「そなたらが見せてくれた文《ふみ》には、『驕《おご》れる人も久しからず、ただ春の夜の夢のごとし』とあったので、これと対比させて、平家を悪く思わせるために、時忠が、そのようなことを言ったのだと、後世の者が勝手に書いたのではないかと思うのだがな」経宗はしんみりとした様子でそう言ったかと思うと、気を利かして、

「まあまあ、時忠は清盛公にも後白河様にも与《くみ》しておらぬ。そこがまた我々にとっては都合がよいのじゃ。時忠も時実も、私と同じ公家ゆえ、お手柔らかに頼むぞ。おほん、ただし息子は公家でありながら、粗野な男であるらしいがのう」そういうと経宗は、加賀谷らに着替えて待機するように告げ、なにかしら楽しそうな様相で、その場を立ち去って行った。

その後しばらくして彼らはまた伽羅御所の一室に座していた。すると、秀衡がにこやかな様子で、平家の例の者たちと部屋に入ってきた。宗盛と思われる体格の良い男が、加賀谷ら三名の顔をそれぞれ虎視するかのような目つきで見回した。菊地は怪訝な顔をしたが、その男は気に掛ける様子もなく、秀衡の方を向いた。

「この者らですか、未来人《みらいびと》とやらは」

「さようです」

「聞くところによると平家の一門は壇ノ浦とやらで滅亡するようだが、あながち偽りでもなさそうだな」そう言って、宗盛は加賀谷らを睨みつけるように眺めた。「まっ、そのように思ったからこそ奥州に参ったのであるがな」

菊地は、宗盛が壇ノ浦の海に家来から突き落とされたのを読んだに違いないと思うと、その滑稽な、というか、とげとげしい言葉使いとは裏腹に、人のよさそうな顔をチラチラ見ながら、吹き出しそうになった。

「そこの女、なにを笑っておる」

「そこの女⁉」菊地は心の中で失礼な言葉使いの男だと思いつつも、笑顔で答えた。

「いえいえ経ちゃんに背格好が似てるように思えたものですから。すみません」

「私が宗盛殿に似ているとな」そう言って、経宗はその男の容姿を見て、がっかりしたような顔をした。これは気まずいと思ったのか秀衡が、

「いずれも良いお顔をされておる」

その言葉に、平家の三名の男たちも気が緩んだようで、談笑しだすのであった。

「そういえば、だいぶ昔のことになるが六波羅殿（平清盛のこと）もここに参られたことがある」秀衡の言葉に宗盛は、

「その話は昔に聞いたことがございます。祖父の忠盛をこよなく尊敬しておった父上は奥州の資源の豊富さにかねてより関心を抱いており、とくに黄金を宋との貿易に役立てようと考えておりました」

「老大人《ろうたいじん》（忠盛のこと）には、私が若いときに父基衡《もとひら》と共に何度かお会いしたことがある。

六波羅殿はなかなかのやり手ゆえ感心いたしております。宋には貨幣というものがあり、それを用いて己の欲しい品々を手に入れるようですな。ところで、宋では黄金に多くの価値を見出しておるゆえ、ほしい品物がそれによって手に入る。頼朝では黄金を持ったところで、それを活かすことはできまい」

「秀衡様の方が最も先端を行っておられる。西の果てにある国とも貿易をされておるようですから」宗盛の、この言葉に秀衡はたいそう気を良くした様子であった。

「ははは、これはありがたいお言葉をいただいた」

「奥州平泉は、あこがれの地でございます。京とは違って街並みも美しく、安寧秩序が保たれております」時忠は心底感心して述べた。

「まさしくそのとおりでございます。このようなまほろばの地を滅ぼしてはなりませぬ。平家一門もしかり。それゆえ、決して頼朝に権力を与えてはならぬ」時実は感極まって涙を浮かべたかと思うと加賀谷らの方に顔を向けた。

「ところで訊きたいことがある」

小馬鹿にしているような態度で話し出した。

「経宗様は左大臣を経験したことがあるお方だが、そなたらの世界にも左大臣はあるのか？」

「はい。総理大臣というのがいて、その周りにそれぞれ国の事務を行う大臣がおります」

北畠が答えると、

「ふむふむ。大臣は公卿が務めるものであるが、そなたらの世界もそうであろうな」

時実は閉じた口に右手の握りこぶしを軽く当てながら、自身の見解に間違いはなかろうといった口振りで言った。

「いいえ、普通の民がなります」北畠の声に、

「なに。それは庶民が大臣を務めるという意味なのか。それは良くない。身分の高い者が大臣を務めねば、民からの尊敬を得られまい。それどころか、なにか己の利益になるよう取り計らってもらおうと、下らぬ輩が大臣とやらに付きまとうだけである」

「そんなの差別ではないのですか」菊地の言葉に時実はさらに続けた。

「なにを申す。差別ではない。庶民には善人と悪人とがおる。悪人が善人たる民を苦し

めるのであれば、上にある者は中に入り、その苦痛を取り去らねばならぬ。身分に上下を設けることは、上の者が威張るためにそうするのではなく、すべての民が幸福になれるようにするためなのだ。庶民が大臣になったところで、民は大臣を崇《あが》めることはなかろう」加賀谷は時実の説得力のある話に、イギリスでは国民を守るために王族は皆、士官になっているということを、そして最高司令官は形式上であるとはいえ国王となっていたことを思い浮かべた。

ところで北畠と菊地が頭をうなだれて何ともしがたい顔をしているのを見て、加賀谷は、しどろもどろになりながらも時実を納得させようと必死になって説明しだした。

「私たちの時代には憲法というものがあり、英米法の影響で、その、憲法が他の法律よりも上位にあります。憲法は、いわばすべての法律の母であります。その憲法には、公卿も公家も廃止する旨、書かれており、したがって、すべてが民であると考えていただきたいのです」

するとと時実は不機嫌な顔をしながら尋ねた。

「えいべいほう？　それはなんじゃ」

「イギリスやアメリカ合衆国の法です」北畠が答えた。

すると時実はまた問うた。

「いぎりす、あめりかとはなんのことじゃ？」

その様子を見かねて秀衡が中に入った。

「まあまあ、この話題はこのくらいにして、そろそろ本論に入ろうではありませんか。ちなみに、アメリカという国は未来人の話ですから、まだこの時代には存在しない国なのかもしれません。さて、イギリスは……」秀衡が困った顔をしていると菊地が、

「イングランドです」

その言葉に秀衡は思い出したように続けた。

「そうそう八の宮殿の話では、イングランド王国であるとかプランタジュネとかいう国で、フランスともめていた国だと思うのだが」

すると秀衡の横に座していた八の宮が、

「そのとおりです。ヘンリー二世がイングランド王国のプランタジュネ（Plantagenet）王朝の国王に即位されています。しかも、もともと彼はフランス人なのです」と言ったかと思うと、すかさず宗盛が口をはさんだ。

「まあ、そのような難しい話はやめなされ。頼朝を捕獲することが先決でありましょう。それゆえわが船隊をご覧いただきたい。そのためにもあすここを出発いたす予定でおります」彼は、経宗に対してだけでなく加賀谷らも含め、船が停泊している場所である、

計仙麻《けせま》（気仙沼）へと向かう旨を伝えた。

加賀谷は少し落胆したようであった。それは平泉からだと北上川の下流にある石巻《いしのまき》から塩釜のいずれかだと想定していたからである。とくに塩釜は、塩竈《しおがま》ノ浦であるとか千賀《ちが》の塩竈と言われ、万葉集にも詠われた、光源氏のモデルともいわれる嵯峨天皇の皇子である源　融《みなもとのとおる》や当時の京の貴族らがあこがれていた場所でもあったからである。

とはいえ、このような場所であるとかえって目立って頼朝らに戦略がさとられること
から気仙沼にしたのであろうと加賀谷自身、思い巡らすのであった。

他方、計仙麻には平安時代中期に編纂された律令の施行細則を記した法典である延喜《えんぎ》式《しき》の神名帳《じんみょうちょう》に記載されている計仙麻《けせま》大嶋神社《おおしまじんじゃ》があるという。経宗の話によると「けせま」と「鹿島」が似ていること、鹿島神社は古来より藤原氏の氏神を祭る神社であることなど、加賀谷らに説明するのであった。

「そう言えば、上坂部とか言ったかのう。その者が私に託した文にも、藤原氏の氏社は鹿島神社であると書いておった。このことはそなたらも知っておると思うがな。わが藤原氏の家伝には、中臣鎌《なかとみのかま》の子である藤原不比等《ふひと》について書かれておる。不比等の子には四人の男兄弟がおり、その中の房前《ふささき》が私の先祖なのだが、上坂部の先祖も房前の子孫である公家となっておった。名は伏せるように言われておるので告げぬが、その者は私の

親しい友である。だが、このあと何百年か経って、その友の家を継ぐ者がおらぬとやらで、途中で何者かがすり替わってしまったという。本来、正当に後を継ぐ者が上坂部の、とある先祖であったにもかかわらず。そのときは結構もめたようであるがな。残念ながら、そなたらの時代には私もおらぬ。それゆえ、これから数百年のちの公家の後継について知る術はないがのう」

加賀谷には経宗の後の話に深い意味があるように感じたのではあるが、それが何を意味するのかは上坂部以外には知る由もなかった。

「中臣鎌足《なかとみのかまたり》ではないのですか？」菊地が自信なさげに尋ねた。

「いや、幼いころから、かま様と呼ばされていたのだが」経宗はそう言うとさらに続けた。

「そうそう、不比等の四兄弟の話だが、彼らは陸奥とのつながりが深いのだ。そこで得た多くの財宝や、目に見えぬ財産が、わが藤原氏を、絶大な権力を誇る存在にしたと聞いておる。それと同じことが、上坂部の文にも書いてあったのが不思議でならぬ。なぜ知っておるのかとな」

「すっごく、面白そうな話ですね！」菊地は目を皿のようにしながら、さらに話を続けるよう促した。

「日本書紀景行天皇《けいこうてんのう》二七年の条には『東夷《とうい》の中に日高見国《ひたかみのくに》』というのがあって、その国の人を蝦夷《えみし》というなり、と記されておる。蝦夷という名は、飛鳥時代の高貴な方々が使っておった」

「じゃあ東北が日高見国《ひたかみのくに》なんですね！」

「そのとおり！　日高見国、すなわち日の出ずる国がどこにあるのかということは、どの国の人も興味があります」菊地に答えたのは、いつの間にか傍に来ていた、八の宮であった。

「私も平家の船を見に、お供します」

「八の宮さんも一緒に来てくださるのですか。うれしい」菊地のみならず、北畠も大歓迎と言わんばかりの喜びようであった。

平家の船

翌日とはいえ、陽もまだ昇らぬ星が見える空を眺めながら北上川を下り、途中で陸地に上がって十数キロ歩いたところに湾が見えた。その湾を見下ろすと、そこには多くの船が停泊しているのが見えた。その数たるや一〇〇艘以上はあると思われた。

加賀谷らはその光景をみるや、あまりの感動に声も出ず立ちすくんでしまった。数多くある船は湾を埋め尽くすほどであった。船は大きいものや中ぐらいのものが多くあり、その中には小舟も見られた。小舟以外の船はみな色とりどりに塗装されており、平家の御座船と称する船は朱色の船体に、ところどころ鮮やかな青や黄などの文様が施されていた。また、船と船の間に渡し板が取り付けられているものもあった。

平泉の船はというと、平家のそれとは異なり派手さはないが、御座船よりさらに大きく、三隻あった。経宗が言うにはそれらの船はもともと秀衡が乗る豪華な御座船仕様の船であったが、商船として用いられるようになり、普段は出羽に停泊していたものであるという。

その雄姿に加賀谷らはいつしか瞼から大きな涙がこぼれ落ちるのを感じた。

「こんなに素晴らしい光景は初めてだ！」加賀谷がそういうと、

「はい、私はなんだか体が震えて、涙が止まりません」

菊地の言葉に北畠もかすかな声で言った。「僕もです」

「あれ、あそこの一隻だけおかしな形の船があるぞ」北畠がそういって指さす方に菊地らが顔を向けると、確かに周りの船とは一風変わった形の船が見えた。

「あれはヴァイキングの船です」八の宮は北畠らに優しく微笑んだ。

その船の先端に模様が施されてあるように見えたが、それはルーン文字といわれるヴァイキングが用いていた文字であり、海の王者という意味をあらわしているのだと彼は説明した。

「ヴァイキング⁉」加賀谷らは一斉に叫んだ。

「だから言ったでしょ。日の出ずる国に興味を持つのは本能かもしれません。ヴァイキングはいろいろな国にわたって、平定する役割を果たした偉大な民族なのです。危険を顧みず日高見国を目指して冒険する者も大勢いました。悲しいことですが、その多くは途中で災害などに遭って命を落としました。その中でいま私たちが見ている船の乗組員たちは、目的を達成できた者たちなのです」八の宮の顔には光るものが何筋か流れていた。

「人間というのは、どんな困難にも立ち向かうことができる、本当に偉大な存在なのです」彼は湾を埋め尽くすように停泊している船隊を眺めながら静かに言った。

するとハの宮の言葉に経宗が叫んだ。

「そのとおりだ。だがカラスもすごいぞ」

八の宮の言葉に対して、またしても菊地は批判的なまなざしを向けた。

「そうかしら、驕ったところがあって、嫌な人間も結構いるけど。動物たちの方がある意味偉大かもしれない」菊地が心の中でそう思っていると加賀谷は、経宗の声を余所《よそ》に、船隊に見惚れていたのか、茫然としたかのような面持ちで、ぽつんと言った。

「だから私たち人間は、動物や植物、そして物も含め、すべてを大切にしなければならないのです」

その言葉に菊地は思った。

「人間以外の存在をも守るためにこの世に生きているんだ」

船の群れはいつしか夕暮れの日差しに、まぶしく輝き、それはあまりにも美しい銅《あかがね》の輝きに覆われていた。船の隙間に映える、金色の波を奏でる海と調和して、それは現実の世界とはあまりにもかけ離れたような情景を成していた。

加賀谷らは、その時に思った。陽の沈む方向は、朝とは異なり、何かしら物悲しげではあるが、得も言われぬ美しさがあり、西の国にもまた興味を持つ者もいたのだと。

経宗らは、平泉の武者に案内されて船が停泊している湾に下って行った。

小高い山から眺める光景とは違い、それぞれの船は一層大きく感じられた。

平宗盛が彼らの前に現れた。

「良く参られた。われわれはこれらの船で鎌倉まで行き、頼朝軍の船隊を撃沈いたす。そのあと鎌倉へ上陸し、場合によっては伊豆へ乗り込んで頼朝を捕獲します」

「捕獲⁉　そういえば前にもそのような……」経宗の言葉に、宗盛はさらに続けた。

「九郎殿のご意向です。殺さずに生け捕れと」

「秀衡殿は殺生を好まぬ方だからのう。おそらくそれは秀衡殿のお考えであろう。ところで総指揮を執るのはどなたかな？」経宗が尋ねると、宗盛は少しはにかんだ様子で答えた。

「残念ながら、おっほん、九郎殿です。ただし東から攻めるこれらの船に関しては。西の方は、この私の弟である知盛《とももり》が指揮を執ります」

するとと菊地が中に入って尋ねた。

「どうして、平泉と組もうと思われたのですか。平家物語を読まれたのですか」

「平家物語？　なんじゃそれは。うっふん、京では、何かと誤解が生じて、平家一門に手向かう者が現れたのでな」宗盛は、ばつが悪そうな表情で答えたと思うと、突然、話の内容をはぐらかした。

「そういえば九郎殿が言っておった。この地域で育てられた白馬を秀衡様からもらうのだと。その馬の名を、経宗様のカラスの羽の色にちなんで、小黒《おぐろ》と名付けるのだと、はしゃいでおられた」

　すると傍にいた八の宮の前に、あきらかに白人と思われる男が現れ、談笑しだした。加賀谷らには何と言っているのか、まったく聞き取ることができなかった。その男は八の宮との話を終えると、加賀谷らに笑顔で会釈して去っていった。八の宮が言うには、ノルド語で話をしたという。もちろん、加賀谷らにとっては古語としてのノルド語ということになる。男はヴァイキングの船の司令官であるという。その髪の色は、八の宮が灰色っぽい黒髪であるのに対して、茶色がかった金髪で、背丈は弁慶よりも大きくたくましく見えた。彼は奥州平泉で見聞きしたことを書きとどめ、黄金を含むここでの多くの特産物を船に積んで、まもなくこの地を離れ故国へ向かうということであった。また、この戦には参加しない旨も伝えていた。

　加賀谷らは、いままで抱いていたヴァイキングに対するイメージとは大きく異なり、服装も野卑ではなく、紳士的な態度に感銘を受けていた。

そうこうしているうちに夜も更けたので、平泉の商船内に設けられた寝室で一夜を送ることになった。翌朝、経宗と加賀谷らは、八の宮を伴い平泉に戻ることになった。いよいよ鎌倉との合戦が始まるのを彼らは身に染みて感じ取るのであった。

別れ

平泉に到着した加賀谷らは、また経宗の屋敷へと向かった。

住み慣れた部屋に戻ると、八の宮がその前をとおる廊下を歩いていた。菊地は彼を呼び止めて、思い切った態度で尋ねた。

「八の宮さん。あなたは、サンジェルマン伯爵ですよね」

その言葉に八の宮は菊地の方に向きを変えて、優しい口調で言った。

「サンジェルマン伯爵？　あなたがそう思うのであれば、そうなのかもしれません」

あいまいなその返答に菊地は思わず困惑した。

「どうしてそうだとおっしゃってくださらないのですか」

「菊地さんはサンジェルマン伯爵に興味があるのですか」彼はやさしく微笑んだ。

「はい」菊地が答えると、

「そうですか。でも私よりも、もっと面白い人物がいます。それは義経殿の家来である、常陸《ひた》坊海尊《ちぼうかいそん》という男です。彼は、このあと四〇〇年生きて、日白残夢《にちはくざんむ》という僧の名で、源平合戦ではなく、奥州平泉と朝廷、そして平家一門が一丸となって、頼朝を倒した話を後世に伝えるはずです」

「四〇〇年後だったら、安土桃山時代じゃないですか」

「あなた方の時代では、そのように呼ぶのですか」そう言って彼は、菊地の右手を取り、右足を後ろに引いて前かがみになったかと思うと、その甲に口づけをした。

なぜか八の宮はさみしそうな表情で目がうるんでいるように見えた。

菊地のみならず、加賀谷や北畠も、なぜかその様子に気高さを感じていたのではあるが、その表情の理由は八の宮だけが知っていた。それは、親しみを抱いていた彼らが近いうちにこの時代を去るであろうことを予期していたことも然《さ》ることながら、カペ王朝の習わしに従って、このころ体の具合が悪かったルイ七世は彼の息子フィリップ二世と共にフランスを治めていたが、その気高く心優しいルイ七世の命のろうそくがまもなく消えようとしていたことを彼は悟っていたからであった。

「お元気で。あなた方の無事の生還と、これからも幸福であることを切に祈っております」

「八の宮さんもお元気で」加賀谷らの言葉に彼は笑みを浮かべると背を向けて、その場を去っていった。

これが八の宮と交わす最後の会話となった。

それから数日が過ぎ、経宗が加賀谷らの居る部屋に入って来た。

「八の宮殿がフランスに帰ったそうだ。さきほど、秀衡様から話があった。あの者とは、私がここに来たときから一緒にいたので寂しいことだ」

「そうでしたか」そういうと加賀谷は、右手の、そらすように立てた親指と弓型に曲げた人差し指で自分のあごの下を支えるようにしながら、何か考えるように尋ねた。

「ところで、いつ鎌倉を攻めるのですか。頼朝が鎌倉に居住する前が好機だと思うのですが」

「詳しいことは教えてもらえぬが、まもなくであろう」

「私たちは戦の結果を聞いてから戻ろうと思っております」加賀谷の言葉に、

「そなたらも帰ってしまうのか。寂しいのう」経宗は、しばらく間をおいて、

「そうじゃ。私もそなたらの時代に行ってもよいぞ」

「それはとても嬉しいことなのですが、残念ながらできないのです」

加賀谷は、経宗にとっては未来にあたる、その時代に行くのは不可能であることを延々と説明しだした。

経宗は、その話を理解できたようには思われなかったが、いずれにせよ未来に行くのが難しいことだけは悟ったようであった。悲し気にうつむきながら、その場を去る経宗

の後ろ姿に哀愁が漂ったと感じたそのとき、例のカラスが彼を慰めるかのように飛んできたかと思うと、その左肩に止まり寄り添うような仕草をした。幼い子をあやすような経宗の声が、加賀谷らの心に深く響いた。

戦の結果

さらに数か月が過ぎた。

加賀谷らはその間、まったく外に出ることが許されなかったが、ある朝、久しぶりに外出が認められた。とはいっても、いままで外出できる範囲は、経宗が居住するこの屋敷の周辺だけであった。加賀谷はかねてより見たいものがあった。それは、奥大道《おくのたいどう》と呼ばれる、当時、西の方から平泉をとおって津軽などへ向かう者たちが利用した大きな道にあった。そこには、金色の阿弥陀像が描かれた、笠卒塔婆《かさそとば》といわれるものが、一町（一〇九メートル）ごとに設けられていたのであるが、彼が見たかったのはまさに、これらが連なった光景であった。

希望がかなった加賀谷は、この壮観さに感動したのか、北畠らに平泉の歴史について説明しだした。奥州藤原氏の初代である清衡に関わる後三年の役の話になると、秋田の横手には、『めっこかじか（片目の鰍《かじか》）』といって、この合戦で片目を負傷した武士が沢で目を洗ったところ、そこにいた鰍の片目が見えなくなり、いまもその子孫である魚が生息しているという伝説などについて話を聞かせた。半信半疑であった北畠に対して、菊地は、秋田出身の祖母から聞いていたこともあり、熱心に加賀谷の話に耳を傾けていた。

しばらくして、慌ただしく馬に乗り、経宗の屋敷に一人の武者がやって来た。

「経宗様、経宗様はおられぬか」

その声に、仕人《つかえびと》とは対照的に、経宗は慌てる様子もなく、ゆっくりと屋敷の奥から門口にやってきた。

「どうした」

「経宗様、われわれは鎌倉を陥落し、伊豆にいた頼朝を捕らえました。まもなく九郎様が、この平泉に戻る予定でございます」その男は使者であった。感動のあまり泣きむせぶような声で報告していた。加賀谷は、その知らせに心の奥で、「やった!!」と思った。

「よくやった。これで平家一門も滅びることなく、安泰という訳だな」経宗は笑みを浮かべた。

「でも、経宗さん。平家がおかしな動きをすれば、また新たな問題が生じるのではありませんか」加賀谷の言葉に、

「心配するな。私がおる」向こうの方から、にこやかな顔をした、義経が現れた。

「義経さん、ご無事で何よりです」加賀谷の、その声に、北畠と菊地は義経のもとに駆

け寄った。

「そなたらのお陰で、大勝利に終わった。かたじけなく思うぞ」義経の言葉に、傍にいた弁慶はじめ数人の郎党らのむせび泣く声が聞こえた。その中には、以前、八の宮が話してくれた常陸坊海尊の姿があった。菊地もつられて涙を浮かべていた。屋敷の奥に入った義経一行は、奥の間に座し、武勇談に花を咲かせた。

しばらくして、経宗が急遽用意させた饗膳が並べられると、義経の郎党である鈴木重家と、その弟亀井重清がいかにも晴れ晴れしいといった表情で、義経や弁慶に酒を振舞おうと、それぞれが神社でよく使われる瓶子《へいし》という酒器をもって彼らの傍にやってきた。

重家はもともと頼朝の家来であったが、その人間性を危ぶみ義経についた人物である。義経は喜んで杯を手に持ったが、弁慶の方はというと、酒よりもそっちの方が良いという仕草で、佐竹と姻戚関係にあり、同じく義経の郎党である片岡常春のお膳の横に置いてあったガラスのような容器を見遣《みや》った。そこには赤みがかった紫色の飲み物が入っていた。それを見た重清は笑いながらその容器を手に取ると、「弁慶殿のような大人《たいじん》が葡萄《えび》かずら（山葡萄のこと）の汁を召されるとは、驚いたことだ」そう言いながら、弁慶の大きな手のひらに乗った杯にその赤い飲み物を注いだ。

すると弁慶は、ぷはあ、と大きな声を上げたかと思うと、「これはいかん、酒になっておるわ」と弱った顔をした。彼が酒に弱いことを知っていた周りの者たちは「あっははは」と弁慶の様子に腹を抱えて笑い出し、このことが加賀谷らにとっては、とめどなく涙が流れる要因となった。なぜならこのような純真でまっすぐな心を持った人たちが、頼朝の手によって死に追いやられていたことを思うと、どうしようもなく切ない気持ちに駆られたからである。

鈴木重家と亀井重清兄弟は衣川の合戦で義経と共に自害したことになっており、紀州熊野から夫である重家の身を案じて奥州まで訪ねてきた小森御前は夫の死を知り、お腹の子や乳母と共に、川に身を投げて命を絶ったと伝えられている。

彼らの今回の功績によって、安徳天皇、佐藤継信忠信《つぐのぶただのぶ》兄弟といった得難い人物があるべき天寿を全うすることになり、加賀谷の長年抱いていた夢はここにかなったのである。

「平宗盛さんに、彼が壇ノ浦で家来に海に突き落とされて沈めなかった話をしたら、怒り狂うでしょうね」北畠が口を挟んでとんでもないことを言ったので、加賀谷は制止するように右手を開いて差し出した。

「ははははは、その話は海戦前に宗盛殿にしておる。怒るどころか大笑いしておったぞ」義経の言葉に、加賀谷は安堵した。

これ以上とんでもない発言をされては困ると思い、加賀谷は菊地と北畠を連れ出して、そうっとその場を離れ、それぞれの部屋へ戻った。それはまた、義経らの話を邪魔しないようにとの気遣いでもあった。

まもなくして菊地と北畠は、加賀谷の部屋へとやって来た。

加賀谷が想像する未来

加賀谷は、この時代の未来はどうなるのかという北畠と菊地の質問に待ってましたと言わんばかりの表情で答えた。

彼が言うには、まず憲法を作らせる。しかしそれは民主主義を採用するには時期尚早だという理由から、憲法には、とりあえず元首たる『国王』と称することにして、奥州藤原氏が代々国王としての地位を継承すること。源義経は、おそらく国王になることを好まないであろうから、宰相となり国王に大きな影響力のある助言などを行う。そして国王の周りは、源頼朝を捕獲するのに加担した武将らが擁護のために警備し、軍勢を配備する義務を負う。

具体的には、国王と他の武家は主従関係を締結し、諸侯（貴族）として各地域に配属され、それぞれ領地を国王から与えられる。その見返りとして彼らは国王に貢納し、国王に抗《あらが》う者があれば武力をもってそれを制圧する義務を負う。

京の大内裏周辺は神聖不可侵の特別区として保護され、そこには天皇が置かれる。当初は後白河法皇がそのまま即位する。朝廷の構成員である公卿らはこれまでどおり置かれるが、すべての政務を行うなどはできず、天皇の身の回りの世話をしたり、天皇の行事などを執り行う。

後白河法皇は、平家に対して不信感を抱いておられるので、国王は源義経、木曽義仲らに依頼して、平家を監視下に置く。一方、平家一門の中にも多数、奥州藤原氏や源義経に対して憧憬や恩義を抱いている者がいることから、なるべく和平を保つために努力することになるであろう。また、宋との貿易に関しては平家の一部に担当させる。

そしてこの憲法には国王も服従しなければならず、民の生命、健康、自由、財産に関する基本的な権利が、合理的な制限はあるとしても認められ、尊重される。

定期または不定期に領主らは、平泉や、国王が他に定める場所に集まり会議を開く。

貴族や武家には上下の関係があるが、民の間においてはこれを認めない。

たとえ商いを営む組織であったとしても経営者である主と従業員とは担当する職務が異なるだけであって横の関係を重んじる。もちろん、主が不当な指示をしたり、対して不作為も含めて損害を与えるなどの行為を従業員が為した場合には、武家といった身分階級が介入して解決させることができる。それがためにも、民の苦情などを聞く制度を設ける。

もちろん、領主などによる不正は直ちに、それを知った民などがそれぞれの部署に報告することができ、それを妨害することがないように監視する。なお、刑事事件のみならず行政事件や民事事件においても裁判制度を確立するよう努める。公家や武家などは民に対して模範を示さねばならず、お金や女性などにだらしない者に対しては、その身分をはく奪したうえで制裁を加える。

また、民の間において経済的な格差はあっても良いが、経済的関係において底辺にあるとされる者であっても、ある程度裕福な生活が保障されることを条件とする。決して餓死などさせてはならない。淡々とした口調で加賀谷が説明していると、

「でも先生、監視するといっても、何者かが民を脅して苦情を言えないようにするのではありませんか」菊地が口を挟んだ。

「忍者を各地方に配置して、情報収集に努めさせるのもいいんじゃないですか」北畠が真顔で言うと、

「たしかにそう言うことも考えておかねばなりません。世の中には汚い手を使う者が結構いるからね」加賀谷がにこっと笑うと菊地が尋ねた。

「もっと時代が下って近代になるとどうなるのですか?」

「私の考えでは、平泉が都となっていて、小樽、秋田の大曲地区（現大仙市中心部）や、越後、加賀、出雲、九州北部、横浜界隈など数か所を大規模な経済拠点とするようにな

ると思います。ヨーロッパ大陸の産物を鉄道で、私たちの時代のウラジオストク辺りまで運んで、後は船で運搬するのも面白そうだし。ところで、横手や湯沢ほどではなくても、大曲は積雪量が多くなることがあるから、山の神様にお願いして奥羽山脈の頂を削らせていただく。そうすれば雪雲は太平洋に流れて大雪になるのを防げるはずです。しかも奈良や京都と並ぶ古都として平泉は名声を馳せているでしょう」

「東京はどうなるのですか?」菊地はいかにも興味深いといった顔をした。

「関東平野は非常に広いので、当然そこも経済の拠点となります。ただ、太平洋側は東北から九州にかけて大きな地震が予想されるので、海の近くには住居を認めないようにする。いま私たちがいるこの時代の三〇〇年ほど前には、大きな地震があって津波による甚大な被害が三陸で起きています。昔の人は、山よりも高い津波が村を襲ったという話を民話風にして残しましたが、昔話などを侮ってはいけないのです。ちなみに東京という名称は、出羽出身の江戸時代の学者であり医師であった佐藤信淵《のぶひろ》が首唱しました。彼は同じく出羽出身の、妖怪学にも貢献した、国学者の平田《ひらた》篤胤《あつたね》の影響を受けており、富国強兵を提唱していました」

「じゃあ、日本海側が栄えるんですか」北畠が問うと、

「そう、日本海側はいまよりももっと栄えると思います。それとは別に、平家が宋との

交易のために、中国や朝鮮に非常に近い、いまの福岡に港を築いたように、それぞれの特色に応じて、全国各地に規模は小さくても開港すればよいと思います。江戸時代にあった北前船《きたまえぶね》のように物資を全国に運んだりするのです」

そう言いながら加賀谷は、太平洋側に関して、西側では神戸から尼崎、梅田界隈がいま以上に栄え、気仙沼、仙台から福島、そして三浦半島から横浜、品川あたりも同様に栄えると述べた。さらに時代が下れば、九州などからよりも札幌や秋田からの方がフランスのパリなどへの距離が短いことから、国際線の空港を北に設けることでヨーロッパとのつながりが一層深まるのではないかと予測するのであった。当然その中には将来生まれるであろうアメリカ合衆国も想定されていた。

「先生、私たちの時代とはまったく違う世界が生まれるのですね」菊地はうきうきしたような顔をした。

「そうです。重要なことがもう一つあります。憲法にはさらに、動物、植物、物を愛《め》でる内容の条項を設けて、人はこれらの保護に努めなければならないとの規定を置く」加賀谷は一人、得心が行くといったような面持ちでうなずいた。

「でも先生、僕たちの日本国憲法九条の戦争の放棄の規定はどうされるんですか」北畠がなにかしら不安げに尋ねた。

「人権、人権と言っても、国がなければ意味をなさないので、自衛のための戦力は持てるようにしなければなりません」加賀谷の言葉に、

「日本国憲法も早く改正して自衛隊を明記すべきですよね」北畠が言った。

「いや、それは危険です。昨年講義で触れたとおり、九条はこのまま置いておくべきです。我が国の憲法九条は、すべての戦争を放棄しているから素晴らしいという人がいますが、それは妥当ではありません。九条はどちらの立場に立つこともできることに意義があるのです」

「それって自衛戦争を認めることも、それを反対する解釈もできるってことですか」菊地は目を爛々と輝かせた。すると加賀谷は微笑んだ。

「そうです。どちらか一方の思想に偏ることは、こと私たちの時代の日本に関しては危険だといえます。法学や政治の世界では、複数の考えがじつは一つの考えであると理解することが必要な場合があると言えるからです」

「なるほど。法解釈は、だから量子論理だけでは難しいということか」菊地が納得したような表情を見せると加賀谷はさらに続けた。

「願わくば、統一国家ができるといいですね。連邦国家になると思います。たとえば、EUに対してアジア共同体を組織づくるなどして、日本が中心となって活動していくの

です。経宗さんの時代から活動していけば、ひょっとしたら日本も特別にEUに加盟が認められるかもしれない。とくに出羽はもっともヨーロッパに近い地域ですから。そしたらアジア共同体も作って、いろいろな国とさらなる友好関係を持つのです。国と国の関係は、結局のところ人と人との関係ですから。なので国際上の問題が起こったときに日本の政治家はどこかの国と同じように活動するというのではなく、まずそれぞれの国の言い分を聞く力や勇気を持たねばなりません。それが悲劇を生じさせないようにする有効な手段だと考えています」

「わかりました」二人は口をそろえて言った。

「そうそう、いま私が言ったことはすべて文章にして昨日、経宗さんにお渡ししました。これに則して動くことになるであろうと、おっしゃってくださいました。心強く思います。ですから、もう私たちの目的は達成できたのです。近いうちに、私たちの時代に帰らねばなりません。ご両親も心配されているでしょうから」加賀谷は優しいまなざしで二人を見つめた。

「なんだかさみしいです。ずーっとここに居たいような気になりました。経ちゃんや冠ちゃんたちの傍にいたいです。この時代の人たちはみんな純真なので。もっといろんなお話をしたいなって、そう考えると涙が出てしまって」菊地の言葉に、「僕もそう思います」北畠も目に涙をにじませていた。

「そうですね。この時代には、動物や植物だけでなく、物にも心があると信じられているから、人は彼らと話ができるのかもしれない。そういえば幼いころ私は、動物は人間の言葉が話せるのだと思っていました」

「私もそう思います」菊地がうなずくと加賀谷は、

「経宗さんの河童の正体は違っていたけど、河童は本当に居るのかもしれない。しかもこの時代には妖怪は、法律の役目を果たしていたのかもしれません。不潔にしている家には、それをとがめる妖怪が現れるぞーって。古代ローマ法のアクチオ（actio）みたいに」

　そう言うと二人はそれぞれ他の話題に触れた。

「それ以外にも僕は勉強になりました。父の仕事関係の人間で、とくに男は、ブサイクな人や小柄な人が結構嫌がらせをするんで、嫌で仕方がなかったのですが、義経さんみたいに小柄でも立派な人がいたんだって」

「私も初めは、見た目だけで判断してしまって、いまは、良くないと反省しました。義経さんは小柄な人だと思っていたけれど、何度か会って話をしているうちに、なんだか体も大きな人に見えてきたんです」

「そうだね、ステレオタイプっていうのかな。属性でみたり集団でみたりするのは、やはり良くないと思う。個々の人間をみていかなきゃね。心優しい人が最も上位にある人と言えるんじゃないかな。しかも、いい心の人は表情も綺麗だと思わないですか。本当は、そういった人たちが大臣とかになればいいのだけど」

彼らはその日は遅くまで話し込んだ。

平泉との別れ

そして幾日かが過ぎて、経宗らと別れる日が来た。

前に来た洞穴のあった場所まで経宗が送ってくれた。その肩には例の物まねガラスが乗っていた。

加賀谷らが経宗と別れを惜しんでいると、数頭の馬のひづめの音がした。そこには、義経、弁慶、そして秀衡と国衡、泰衡の姿があった。

「そなたらのお陰で、この平泉は後代に残すことができよう。ありがとう」秀衡が礼を言うと、国衡や泰衡も笑顔で言葉を掛けてくれた。

その時、菊地が義経に尋ねた。「義経さんは国王にならないのですか?」

その言葉に義経が困惑したような顔をしたのをみて、加賀谷が間に入った。「それについては私たちが口を出すことではありません」そう言うと、今度は経宗が静かな口調で尋ねた。

「そなたらの時代にも帝はいらっしゃるのか」

「はい」加賀谷が答えた。すると笑顔になって、経宗はさらに尋ねた。

「帝は民に好かれておるか」

「はい、優しく親しみのある天皇でございます。ですので、大勢の民が慕い、愛しております」

「それは良かった。後白河様も、私がそのことをお伝えすれば、さぞかしお慶びになられるであろう」そう言って加賀谷らを見つめながら、

「もしまた会えることがあれば、つぎは京で会いたいのう。いかん、いかん、叶わぬ夢であった。では、元気でな」経宗は泣いているようであった。

「まめでな」義経の言葉に、菊地は彼をしげしげと眺めた。すると義経は顔を赤らめて、

「達者でなということだ」

この様子に経宗が片方の袖で涙をぬぐうようにして笑うと、周りの者たちもつられて、にこやかな雰囲気に包まれた。

「お世話になりました。皆さんのことは忘れません。それではみなさん、お元気で」加賀谷はそう言うと、後ろを振り向いて、小さな時間の穴を探し出した。少しすると、大きな洞穴が姿を現した。それを見ていた者たちは、「おおっ」と歓声に似た声をあげた。

加賀谷らは無言でその穴の中に入り、当初とは異なり、互いのスラックスについているベルト通しに、紐《ひも》を装着して離れ離れにならないように固定した。

「さあ行くぞ。元の時間へ戻れ!!」加賀谷が掛け声をかけたときであった。

「かあー、あああー」カラスの泣き叫ぶ声が、彼らの近くに聞こえた。

「これ冠ちゃん、中に入るでない」経宗の声が聞こえた。

「中へ入らないで。早くそこに見える明るい場所から出てください」加賀谷は必死になって叫んだ。かなり緊迫した空気に包まれた。

「わかった。ああ、冠ちゃん」経宗らはうまく脱出したようであった。

どれほどの時間が経ったであろうか。加賀谷らは、気を失ったような状態で、いく時間か経過していたようであった。気が付くと目の前にまぶしいほどに輝く、黄金色を成す小さな光が差し込んできた。それが次第に大きくなると、外の景色が現れた。目の前にある道路の向こう側に、黒沢のすずと祠がみえた。

菊地は、はしゃぐようにして、最初に洞穴から外に出た。続いて北畠、そして最後に加賀谷が。そこには懐かしい光景が目の前にあった。

「おーい。おーい」男の声がかすかに聞こえた。菊地は、その男の声がする方へ耳を澄ませた。すずの祠の向こうにある杉の幹に誰かがいるのを見つけた。「あれ、神主さんみたいな着物を着た人がいる」菊地の言葉に、彼女自身も含め、三名は一斉に、「ええっ……」と驚いた。

「私だ。経宗じゃ」その声に北畠と菊地は、彼のところへ一目散に駆け寄って、枯れた低木の枝に引っかかっている袖を、そうーと解《ほぐ》しながら、再会の喜びの声をあげるのであった。その様子を見ていた加賀谷も、経宗との再会を嬉しく感じてはいたが、過去の存在が未来へは行けないという法則に反したこの現象を、どのように説明するべきかと、内心は複雑な気持ちであった。

「で、冠ちゃんはどこへ行ったのですか」菊地が経宗に尋ねると、黒くて大きなカラスが一羽、彼らの前に舞い降りてきた。

物まねガラスの鳴き声が響き渡り、彼らはみな幸福な気持ちに浸るのであった。

佐藤 薫

兵庫県生まれ。現在大阪大学大学院医学系研究科招聘教授。同大学一般教養講師時には、大講堂で講義を行う名物教員であった。人権論、医療と法、自然科学と法解釈、知財法、漫画の応用等研究対象は多分野に亘る。本書は米国物理学会元会員の法学研究者による斬新奇抜な小説であり、現代の老若男女にいまを問う。

時間《じかん》の穴《あな》

—鎌倉《かまくら》時代《じだい》消失《しょうしつ》—

著者

佐藤《さとう》薫《かおる》

発行日

2023年5月30日

発行　株式会社新潮社　図書編集室

発売　株式会社新潮社

〒162-8711　東京都新宿区矢来町71

電話　03-3266-7124

印刷所　錦明印刷株式会社

製本所　加藤製本株式会社

ISBN 978-4-10-910252-0 C0093

価格はカバーに表示してあります。